食べるたのしみ

田辺聖子のエッセイ

田辺聖子

中央公論新社

献立メモと買物の記録

（昭和49年6〜8月）

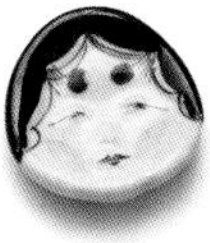

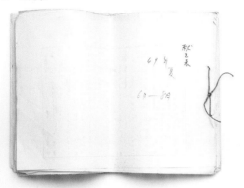

原稿用紙の裏にメモしていた、その日の簡単な献立と買物リストの記録。40代半ばで多くの連載をかかえながら、子供たちと夫との生活を切り盛りしていた時期。（本書117頁参照）

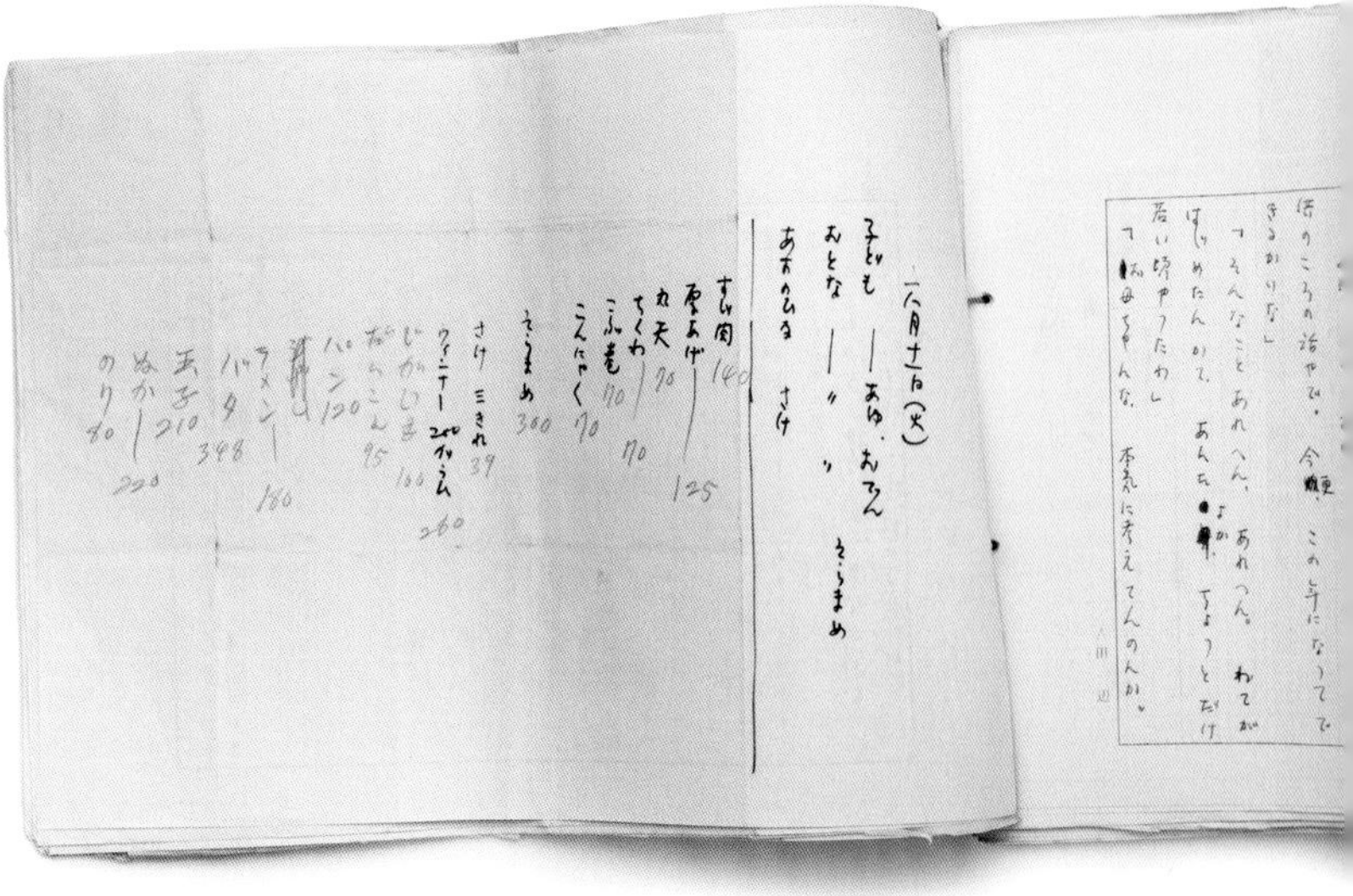

おもてなし日記
（平成8〜12年の9日分）

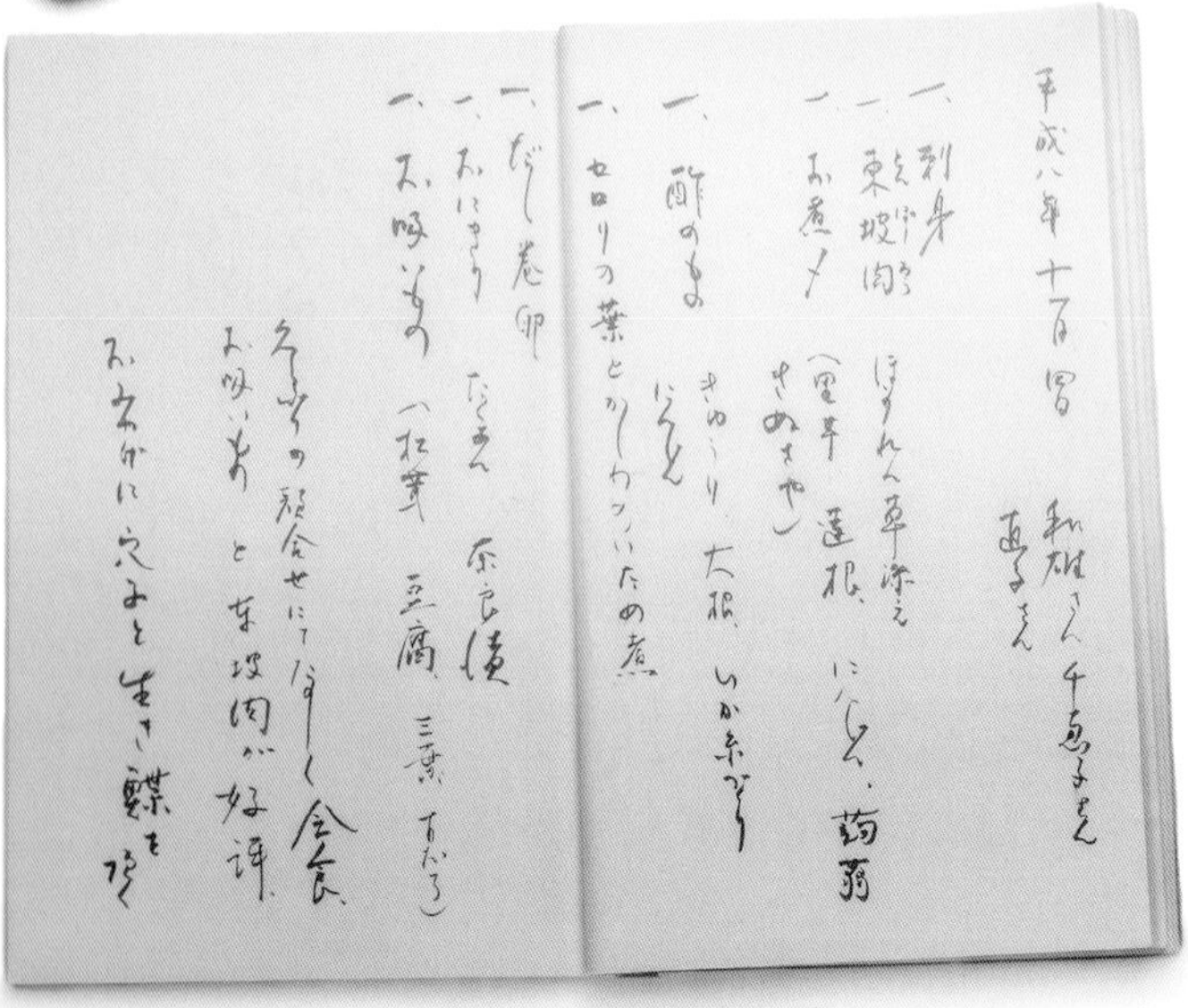

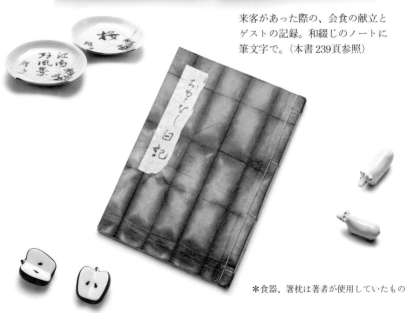

来客があった際の、会食の献立とゲストの記録。和綴じのノートに筆文字で。（本書239頁参照）

＊食器、箸枕は著者が使用していたもの

目次

I …… 7
台所と女性 8
おにぎりと私 12
蜜柑の思い出 14
イチジクとうどん 17
すぎにし方恋しきもの 21
春の菓子さまざま 25
大阪のおかず 28
夏の食卓の楽しみ 32
思いがけぬ美味 36

たべる　40
ラーメン煮えたもご存じない　44
のこりもの　47
わたしの朝食　50
食事憲法　53
松茸の風流　56
とりこみ主義　61
「梅干し」と私　66
春野菜　68
過ぎた小さなことども　71
神　戸　97
献立メモと買物の記録　117

II

食べるたのしみ　154
駅　弁　163
ニューヨークのマグロ　166
中国式朝食　171
茫然台湾　174
むき身すり鉢一ぱい五文　179
手料理　183
大阪・私の好きな店　186
てっちりオバン　189
てっちりパーティ　194
大阪のうどん　200
食卓の光景　203
永遠の美女　214

153

トトト……　220
田舎の風流　226
オトナの酒　232
おもてなし日記　239

装丁　中央公論新社デザイン室

田辺聖子のエッセイ　食べるたのしみ

I

台所と女性

　私は料理はへただが、つくるのはきらいなほうではないので、ときどき台所に立つ。しかし専業の主婦でない悲しさに、たいがいほかの人と共同で使う台所だから、調味料や道具の置き場がわからなかったり、使い勝手が悪かったりマゴマゴする。自分ひとりで設計した台所を自分ひとりで使い、自分で献立をたてて自分の夫や子供に食べさせる、ということはいかにも女の大きい幸福だろうと思いやったりする。ひょっとしたら、「主婦の座」ということは、台所を女の城とすることかもしれない。

　歴史の大きなゆるやかな流れは、世の男たちがつくっているのだが、その男たちのかげには、ちいさな台所が一つずつあって、その台所には一人ずつ妻たち、主婦たちがいるのである。してみると、世界の歴史は台所で作られている、といってもよいのである、などとひとり悦に入って、なれぬ手付きで作る卵焼きが黒こげになって失敗したりする私では、どうも天下国家は動かせそうにない。

もつべきは料理のうまい奥さんである、というが、私からみると、もっぱら健康ということによると思う。

料理がうまい、ということは、自分で食欲があるからこそ、である。こういう味にすればどんなに美味《おい》しかろう、あれを食べたい、これはどうだろう、と素材を見ていろいろ、なま唾《つば》をわかせられる人は食欲があり、従って研さんを積んで料理もうまくなる。食欲というものは、健康でなくては、わいてこないから、なるたけ健康で、食いしんぼうの奥さんをもつべきかもしれない。

しかし食欲があって料理熱心な奥さんでも、道具の不備ということは、これまた、どうしようもないものである。鍋や庖丁、まな板、ザル、その他もろもろの厨房器具は、やはり十分にえらんで備えることが、女のうれしいぜいたくであろう。

だから、もし病気や、るすで台所を人に任せた場合、我々女性は一種、城を人手にあけ渡した大石内蔵助氏みたいな、いら立たしい悲痛感をおぼえるのである。

女は「亭主が人の金を使いこんでも辛抱して堪えるが、もし簞笥の中の自分の着物に手をつけたら決然として立ちあがる」人種だそうだが、自分の台所を荒らされたら、やっぱり、決然と立ち上がるのがよろしい。

この頃はきれいな鍋や湯沸しができてカラフルになり、中に若い主婦などは、絵にかいたような赤や黄色の鍋を集めて美しく台所を飾り、いかにも新婚さんらしくほほえましいが、外見華麗にして内容空疎で、そういう高価な鍋でインスタントラーメンなど煮ているのがままあるから、台所の設備完備、必ずしも料理上手ともかぎらない。また、中には、あれもこれも買いそろえ、自己満足して、いい道具や食器はパッキングケースに詰めたまましまいこみ、ふだんは手のとれたフライパンや、欠け茶碗を使って澄ましている主婦もあり、さまざまで面白い。

私が、台所でぜいたくを楽しみたいのは、キッチンタオルやふきん、これはいつもきれいに雪白のを何枚も持つこと、それにガスでも電気でも充分使えるよう湯沸し、炊飯、トースター、冷蔵庫、オーブンなどの設備、それに最低必要な鍋と、切れ味のいい庖丁と新しいまな板、そういうものがあれば、と夢想するが、こうなると、ホテルの炊事場程ととのってしまう。あれもこれもの夢のなかで、それでも何となくまわりは一種の手順がきまって、その主婦だけの使い勝手がよくなり、毎日どうやらとどこおりなく、食事仕度ができるというのも、ささやかな庶民のくらしのなぐさめであろう。舶来の鍋や、ガス電気の十分な設備にあこがれながら、かなえられないところに、生活の面白味もあるかもしれない。何もかもそろってしまうくらいなら、料理するのもあほらしくて、ラーメンを湯でもどしたり、お手伝いさん任せにしたり、外食したりすることになるだろう。

私はこのごろ、台所に小椅子がほしくなってきた。

いまの時節では台所がいちばん暖かく、煮物をしながらふと新聞を読んだり、料理本のほかのページをくったりしたくなる。私のようなセミ主婦でも、やはり台所は居心地よい女の城であるにかかわりなく、じゃが芋の皮をむくのも腰かけて物思いにふけりながらするのは楽しかろうと想像したりする。

しかし、居心地よすぎて一日べったりいるのも、女にはいましむべきことである。ずるずると台所ばかりにいると、長い人生をそれだけで消費してしまう恐れもある。台所に入る喜びと同時に、台所から出る喜びも、女はもたなくてはいけないのである。

おにぎりと私

　山海の珍味というのは数々あるが、私はやっぱり、おにぎりに止どめをさす、と思う。だいたいおにぎりを食べるときはおなかが空いている時だから、美味しく感ずるのは当り前かもしれないが、あの塩かげんと御飯の固めぐあいと、中の梅干の味が、何ともいえぬ。

　私は女だから、自分でにぎって自分で食べる。他人のにぎったのは、まずくていやだ。形は俵型である。関東は三角で関西は俵型なのも面白い。東京の友人が、俵型のオムスビなど胸が悪くて食えぬ、といっていた。関西は戎《えびす》さんの吉兆ではないが、小判だ、俵だ、千両箱だ、と縁起をかつぐのが多いので、おにぎりも俵にするのかしらん。

　ついでに、オムスビとおにぎりは、同じ言葉ではあるが、「ムスブ」は手ですくう、にぎる、包みこむ、というような意味の古語だから、「ニギル」というのより、ずっと上品で典雅である。関東でいうオムスビのほうが関西のオニギリより上品ではあるが、しかし、親しみやすくて、いかにも美味しそうにきこえるのはオニギリのほうである。ニギルはつかんだら離さぬしぶちん、ワイロを取りこむ悪いヤツ、などのろくでもないイメージもあるが、しかし一方、手をにぎるとか、あら待ってたわ、頼んだぜ、まかしとき、また来てね、といったように、ギュッとにぎる。そんなたのしいイメージもあって、だから私は、「オニギリ」という語がなつかしくて好きなのだ。

「オニギリはなぜ美味しいか」ということを研究したら、博士論文がとれるのではないかしらん。——私見であるが、私は、人間のてのひらにはきっと何か、美味しくてたまらない分泌物がにじみ出ているのだ、と思う。熊のてのひらは大変なご馳走《ちそう》だというもの——。好きな人ににぎってもらうオニギリが美味しいのは、あるいは愛情がにじみでているからかもしれない。

蜜柑の思い出

私は蜜柑が好きなので、もっと安くならないものかなあ、と思わないではいられない。

この頃は菓子も果物も、戦前よりずっと豊富に種類も多くなった。果物など、昔はマスカットなら、たとえばもう助からぬ重病人の見舞いというイメージがあった。メロンに至っては富貴と栄華の象徴のごとく、店頭の上段に鎮まってあたりをにらんでいたのだ。それがいまは値段の折り合いよく、庶民の口へもどうかすると心安げに入るようになった。

諸事、珍貴なもの、栄耀栄華なものは、大衆的な、平民的なものになりさがって、民主化してしまった。

そのかわり、今までもっとも大衆的だったものが、高価な貴重品になってしまったりする。田舎料理、山菜やお煮しめなどが高価なご馳走になったりするように、蜜柑のふっくらと大ぶさなのが、さもさも大切そうに、一個、出されたりする。

事実、高価な品ではあるのだろう。しかし私の好きな蜜柑のイメージは、やはり母や祖母が塗盆に山と盛ってくれる、あのゆたかな積みあげた感じでないと、蜜柑の感じがしない。一つや二つではいけないのだ。

黄色い電灯の光りにつやつやと輝くその暖かな橙色がかった、濃い黄金色のよろしさ。炬燵《こたつ》であたたまった子供たちの手から手へ渡されるときに、皮はほのかに温まるが、やわらかな皮を剝《む》き、さらに中のひとふくろを口にふくんだときの清らかな冷たさ。その滴《したた》りの甘さ。いくら食べても飽きなかったが、いまだに冬がくるのを楽しむのは蜜柑のせいもあるのだ。

女のひとの、わかい美しいひとで、指の綺麗なひと。……そんな記憶でしかおぼえていないが、路地の裏にいる近所のおねえさんが、何かおとな同士でしゃべりつつ、ほそい指で蜜柑のふくろのすじを取る、はんなりした爪の色の美しさ。おとなになったら、ああいうふうにしようと、少女たちはじっと目をつけていたのものだ。

焼き蜜柑というもの。かるたや双六に飽いて、火鉢のまわりに集まり、蜜柑を焼く。酸味のある特有の匂いがして、

「あつ、あつッ……」

と指をやきながら、熱々の蜜柑を口へ入れる。これもこうばしくて、ふしぎなもので、子供たちはよく、これを喜んでいたものだ。

それからお風呂蜜柑なんて、私たち姉弟だけだったかしら。

一番風呂で澄んだ、清らかな湯が沸き立つと、子供の私たちは父といっしょに風呂へはいり、蜜柑を三つ四つ、湯に浮かせておく。

今から思うと、何やら食べられない気がするけれど、でも、湯は美しいし、風呂の温かみで蜜柑は頃おいにほとびてやわらかく、あたたかいのだった。湯気の立つ体で、蜜柑を抱えて、湯殿から父に押し出されるうれしさ。

子供と蜜柑は切っても切れぬ、冬の思い出だ。

私と母の家に、正月は一箱の蜜柑を買って、心ゆたかに新年を送る。そして、もうひとつの家、これは私の家族、ここには昔の子供時代の私たち姉弟のように子供らがたくさんいて、山盛りの蜜柑を喜んで食べるが、焼いたりお風呂で茹でたりはしないようだ。

バンコクにも、日本の蜜柑にソックリの味の、形もまたまことによく似たのがあった。メナム川を朝早く、遊覧船で出てゆくとき、通訳の青年は私たちにも愛想よくすすめ、皮をむいて自分も食べたが、屑をポンポンとメナム川に投げこむのにはびっくりした。

夏の汽車旅行の氷蜜柑、駄菓子屋の飴蜜柑と、蜜柑の食べ方もじつにさまざまらしい。

イチジクとうどん

くだものの好きな私は、秋は嬉しい。中でもイチジクは大好きだ。

大昔に「無花果《いちじく》」という小説があった。たしか外国婦人が日本人の妻になって苦労するという筋だが、そこへ嫁《よめ》姑《しゅうとめ》の問題がからむ。外人の女のくせに日本女よりもしおらしく頑固婆《ばあ》さんに仕えるという、何とも奇妙な小説だった。作者は大倉桃郎《とうろう》氏だったか、何しろ古い小説で手許にないから私の記憶ちがいかもしれない。違っていたらご教示下さい。

ともかく、その小説が味噌汁とバタを一緒にしたような出来具合だったが、イチジクもそうである。地中海沿岸が原産地だから、古いくだものなのだろう、聖書にもよく出ている。あのクネクネした樹の恰好などみると、羊飼の杖や、使徒たちの長衣、兵士の剣、女たちの香油壺などのイメージ（多分にハリウッドのキリスト映画の影響かな?）をさそわれないでもない。

しかし、あの果実はというと、いかにも日本日本している。色が紫のモッサリしたのもよろしく、ひなびた甘さのもつ味わい、とろけそうな柔かさ、舌にのこるツブツブもたのしい。

柿といい、梨といい、その甘さはそれぞれに素姓ただしい甘さの感じであるが、イチジクは何となく野性的な甘さで、少々いかがわしく、白い汁が茎に出たりするのもうさんくさい。本来ならくだもの屋の店頭に盛られるような筋合でない、あまり品のよくないくだものであるが、しかしこれを食べないと、私は秋の気がしないのである。冷蔵庫に冷やしてあると、十個位はたちまち平らげてしまう。

いや、平らげてしまいたいと思っているが、これが案外安からぬ値いのくだもので、私は母に気兼ねしいしい、一つずつネズミの引くような食べかたをして楽しむ。

秋においしいのは、麺類である。大阪のきつねうどんが味濃くコクをもってくるのは晩秋からである。そばよりも、やわらかく煮たうどんが美味しい。

大阪の「美々卯」、神戸三の宮の「とけいや」の「うどんすき」に足が向くのもこの季節だ。鶏肉、椎茸、ゆば、銀杏、小藷《こいも》などといった秋のものをだしでたいてうどんを煮る。何ともいえない手打ちうどんの味で、こういう店は、女連れでゆき、そめそめと語りながら美味しいうどんをすすりたい。そういえば家族づれや団体客が多く、アベックはあまり見かけない。家としては「とけいや」が明治座敷を売りものにしているだけあっておもしろい。

いったい、うどんをすするということは、家庭的な世帯染みた雰囲気をもたらすもので、畳に横坐りになってストッキングのねじれもかまわず、スカートのホックも一つずらして緩くし、

大鍋をかこんで古い女友達と顔をつき合わせ、うどんの湯気のなかで、しみじみ、

「そしたらなァ、あの子いうたらなァ、こんなこと、言いやンねン……」

「へえ……へえ……よう言わんワ」

などと語り合う女の顔のなんとなつかしく心優しいものに思われることであろう。

「うどんすき」は淡泊なだしの味で食べるが、きつねうどんはくどいくらい「ひつこい」味のもの。屋台などで、威勢のいい兄ちゃんが、熱々のをすすってサッととび出してゆくのも秋の夜らしいながめで面白い。

秋の料理としては何があるのであろう。私はどこそこのナニナニ、という有名な店をちっとも知らないのでやはり家庭のそうざいになるが、松たけは関東にはできないそうで、こればかりは関西に住む者の幸せであろう。

サッと指で裂いて焼き、二杯酢で食べる焼き松たけが素朴でいちばんよい。松たけごはんも秋のたのしみの一つ。

御飯といえば、秋からはじまる楽しみに、大阪でいわゆる「かやく御飯」がある。ごもくめしとふつうでいうもの。家庭のそうざいではありふれた献立であるが、季節季節の匂いが出るので私は好きで、秋だと栗ごはん、松たけごはん、何もないときにも、こんにゃく、油揚、人参、里芋で、醬油と昆布を調味料にたきあげる。

そのかんばしい匂いと、ふっくらして複雑なごはんの味は秋風につれて美味しくなりまさるもので、夏にはかやく御飯に食欲がおこらないのも、面白い。私はきっと「かやく御飯」の、あのお釜の蓋をとったときにさっと顔にかかる湯気と醬油の匂いが、秋の冷気のなかで冴えるからだろうと思う。私は関西者だから醬油もマッタリした濃口のを使うが、醬油の匂いは秋立つにつれ深みを帯び、おいしそうになってゆくのを毎年感じる。台所に立つ身としては、醬油の匂いで、季節の移りかわりを知る。

それからこれは食べ物ではないけれど、秋には食卓が飾れるのもたのしみである。

夏は涼しくしようと花さえも取り払ってしまうので、テーブルがすっきりしたけれど、秋から冬へかけて、買い集めたがらくたや珍しい食器を置くことがある。家族は誰も注意して見てくれないけれども、冷蔵庫や水屋にまで物を置いて楽しむのも、秋になると風が冷たくて硝子戸をしめるようになるからである。このあいだ、弟がオランダで買って来てくれた人形が、このひと秋、台所を飾ることだろう。

すぎにし方恋しきもの

　春のたべものは何々であろう。思いつくままにあげると、白魚（しらうお、と読めない若い人がいて困る。しろざかな、ではどうもならぬ）はまぐり、ちらしずし、あられ、白酒、さくら鯛《だい》……となるとそのまま、雛祭りのご馳走になってしまう。

　私は独身でいるときはわりあい、雛の節句も正月も無関心であったが、結婚して子供をもつ身になると、急に何やら、日本文化を背負って立つような気構えになってしまった。

　年中行事のあれこれを子供たちの思い出の中に封じこめてやりたい気がするのである。

　そうしてオトナになってから
「あ、もう春やなあ、春のたべものは何々……それに、雛祭り、桃の花……」

　肌に触れる風の和み、水っぽくなった青空、やがて霞か雲かという、満開の桜……というふうに連想が働けばよい、と思うのであるが、この節は季節感がちぐはぐで、それにテレビという邪魔者が入るからどうにもならぬ。テレビでクリスマスだ、大みそかだ、正月だ、節分だ、と観念的な季節感を強要するから、みんな画一的な思い出ばかりが子供たちのあたまを占めて、情操を養うに至らない。

わが家で年中行事にやっきになってるのは私一人である。大みそかには年越しそばを作った。われながら、いいお味である。

「できたよッ」

というと、

「ハイ、ハイ、ハーイ、ハイハイ、待ってましたァ」

と、これは亭主以下、四人の子供の老若高低さまざまの合唱である。配るが早いか、ツルッツルッ。もうどんぶりはカラ。一同の目はヒタと一点をみつめたまま。紅白歌合戦を見ているのだ。おいしかったやろ、といっても声もない。過ぎにし方《かた》を思いやり、新しい年への感慨をこめて、ツルツル心静かにそばをする、なんて気はないのかね。正月。重箱のおせち料理に、お雑煮。床の間なんてものはないから、洋酒棚の上の壁に、色紙幅を下げて、松に鶴の色紙をそこへ掛けた。そうして、まだ眠ってる大供子供を叩きおこしてお雑煮を出したら、見なれぬ室内装飾と食べ物に騒然。

「パンないの、パンは。僕、餅キライや」

「お屠蘇《とそ》よりビールのみたいな、お屠蘇のむならビールでもええでしょう」

「わたし、サンドイッチ食べたい」

やかましい。日本文化を守るために孤軍奮闘の私は、お正月にサンドイッチなんか食べるものではありません、といわねばならぬ。

彼ら彼女らはよん所なくハムや蒲鉾だけを食べて、すぐ、

「お年玉は？」

とこういう時だけは日本古来の伝統文化にご執心である。亭主はいつになく初詣でを思い立ち、集合させると、みんなそれぞれ予約があって、心づもりするていで、

「わたし、三時ごろやったら、体あくけど」

「僕はこれから友達とこへいくさかい、まア、五時ごろやな」

と小学四年のチビに至るまでつきあいが忙しく「勝手にせえ！」と亭主はむくれて結局、二人だけで初詣でしたりする。

私は去年、団地びなを買った。近年、雛人形はますます豪華精緻になるそうで、私は人形が好きだから、上等なのを買いたいのであるが、部屋がせまいのと懐《ふところ》具合のせいで、ガラスケースに収まったのにした。少女歌劇のフィナーレ場面みたいで、きちんと並んで可愛《かわい》らしい。お雛祭りに友達を招《よ》んで遊びなさい、と私は女の子にいった。小学五年と四年である。彼女らはテレビの上の団地びなには目もくれず、チョコレートを頬張り、女だてらにレーシングカー

を走らせ、ポーカーをやって、しまいにキックボクシングをやるのだから、私は日本文化の伝統は絶えてしまうのではあるまいかと暗澹たる思いに襲われた。

しかし、女の子はそれでもさすがに現代っ子で、ホステスとして、友達には気を配っていたらしく、お母さんにあうと「楽しかったと帰ってきましたわ」とよろこばれていた。それはそれで雛祭のあたらしい思い出を、子供たちなりに作っているのだろう。

青年にとっての雛祭りは、いやな重苦しいものらしい。

「何ちゅうたかて、入試の時期やさかいな。雛人形みたら、今でもゆううつになるねん」

と、もうすでに大学も出ていっぱしのサラリーマンになった青年が告白していた。

季節感も自然のよろこびも無縁になった今の若い人々に、せめて食べるものだけでも季節折々の思い出をのこしてやりたい。ほうれん草の卵とじ、色どりの美しいちらしずし、はまぐりのお吸いもの、貧しい料理のレパートリーの中から、春らしいものを、と私はこれでも一生けんめい、考えているつもりである。「すぎにし方恋しきもの、枯れたる葵、ひいな遊びの調度」と清少納言もいう。雛祭りのころのたべもの、と子供たちに思わせてやりたいと私は考えているのである。

春の菓子さまざま

京の祇園《ぎおん》にちかい「鍵善《かぎぜん》」には、名高い「葛《くず》切り」がある。春になるとやはり口にしたい季節の甘味であろう。

朱塗りのけんどんに入れた透きとおるほそい葛の糸の山。あるかないかわからぬほど透明なのが美しい。黒砂糖の蜜をかけて口に入れると、つるりと咽喉を通るときの感じがすずやかでなめらかで、何ともたのしい。

ところ天のような野趣はなく、いかにも京風でみやびたたべもの。晩春の、やや汗ばむ季節などにうれしいものだ。

春寒のころに、これも京の宝鏡寺を訪れた。

ここは人形寺ともいわれていて、代々の高貴な身分の門跡《もんぜき》さまが愛玩《あいがん》された人形が（なにしろ皇族や公卿のお姫さまは幼い童女のころに門跡に据えられるので）保存されており、春秋に展観される。

古雅な、やさしい面輪《おもわ》の古びた人形を見てから門跡さまにお茶をご馳走になった。紫と白のお召しものがよくお似合いの、ふくよかな中年の門跡さまが、どうぞ、とすすめて下さったのは、あかるい若草いろのなま菓子で、冷え冷えした早春の寒気が、ぱっと和むような感じである。

「これは何と申しますか」

と伺ったら、門跡さまはすずやかに、

「なたねきんとん」

とゆっくりおっしゃった。あ、菜種の花の黄とそれに少しみどりが加わったものだ、と気がついた。廊下に据えられた床机《しょうぎ》の緋もうせんと共に、いかにも早い春を思わせる楽しさである。しかしそれも、仄《ほの》ぐらい、人少ない尼寺の、しんしんとひえる一室で頂いたのでよけい思い出になるのだろう。

やはり、春にたべるのでよけい楽しさの増すのが、うぐいす餅、さくら餅だろうか。さくら餅のつぶつぶした淡紅色のもち米の舌ざわり、桜の葉っぱの匂いのよろしさ。それにしても、名前のつけ方の美しさもいい。菓子ではないが、春の鯛を桜鯛とよぶのも好きだ。

春はぼた餅で同じものが秋のお彼岸にはおはぎ、となる所をみると、やはり、牡丹餅であろうか。小豆を煮てつくることも今はなくなって、売っているものを買ってすませるが、夏のかしわ餅と同じで、やはり春になると何だかだと言いながら買って来て食べている。

私は、子供たちにこういう季節に応じたたべものを食べることをぜひ教えてやりたいのであるが主人は一切無頓着である。「先になったら、すたれとる」というのが、彼の唯一の理由である。つまり、子供たちが大きくなるころには、おはぎも桜餅も菜たねきんとんも、賞味されなくなっているか、もしくは季節の別も消えて、一年中食べているか、どちらにせよ、食生活や嗜好《しこう》に変化があって、私がことごとく大事がるようなことに大きなウェイトを置いていない、というのであろう。

しかし、先は先、すべての生活はいまこの一瞬のためである。先ですたれようがはやろうが、私も知ったことではない。いまこの時点で、私は子供たちに、

「あのなあ、これ、桜餅いうねんで。桜の花みたいな色してるやろ。ほんで、これ食べたら、春らしい気分するやろ。食べてみ」

と講釈をたれて配らずにはいられないのである。

白酒、ひなあられ、と雛祭りの菓子もあるが、先だって私は、夜店で、みかん飴を見た。これも古い古い駄菓子である。みかんの皮をむき、とかした飴で外をくるむ。べっこう色の透きとおった飴のなかに、みかんがあるのも美しい。これも夏場はなくなる菓子で、春までのものである。

大阪のおかず

私の育った大阪の福島という町は、梅田駅から西へいった、小商売の多い下町である。きちんとした商《あき》ン人《ど》の町で、活気があった。正月と夏の天神祭りには、町内みな仕事を休んで、どの家にも水色の幔幕《まんまく》がかけ渡される。夏祭りは更に「ご神燈」の提灯《ちょうちん》が軒なみに並ぶ。年に一度の花見（大阪造幣廠《ぞうへいしょう》の「通り抜け」である）は町内そろいの手拭いを染めてくり出し、夏に一度おこなわれる大掃除は一戸のこらず畳を上げて、あっちでもこっちでもバタバタし、やがて水色の夕空に蝙蝠《こうもり》が飛び交うころには、町内に石灰の匂いがたちこめて「大掃除済」の紙が軒先に貼られてゆく。——そういう、旧幕時代の町人のくらしのような、つつましやかな秩序があった。

いまはこういう町家も大阪にはまれになったが、食べられている大阪の「おばんざい」（お惣菜のこと）は、いまもむかしも変らぬのではあるまいか。

大阪のたべもので特徴あるもののように人のいう、クジラのコロ——私はこれが好きで、市場でみつけると買って帰る。大阪はクジラを食べるのに熱心な町で、皮下脂肪をよく乾燥させてそれをコロといい、関東《かんと》だき（東京のおでんである）の中にも、水菜のハリハリ鍋にも使う。これは叩けばカンカンと音がするほど乾き、キツネ色のようなきれいなものでないといけない。水に漬けて二、三日おき、柔かくする。近頃はほとびかせてすぐ使えるようにしたのを売っているが、やはり乾いたのを家で水漬けした方が美味しい。食べごろに切っておでんに入れて煮こんだり、また、水菜（上方《かみがた》で作られる、しんなりと柔い、それでいてシャッキリした歯ごたえのあるものでないといけない）、薄揚げ（油揚げの薄いもの。大阪では薄揚げ、厚揚げという）を刻んで入れることもあるが、あらかじめ、昆布だしと砂糖、醤油でよく煮ふくめたコロと共に、水菜を食べる。このとき水菜はサッと煮てすぐ引きあげないと、シャッキリ、ハリハリとした美味しさが味わえない。

「クタクタに煮たらあかんのや、そやさかい、水菜のハリハリ鍋、いいますのや」と祖母は私たちに教えたりした。

船場汁《せんばじる》は、魚のあらと野菜をたくのであるが、私たちが冬のたのしみによく食べるのはけんちん汁である。蒟蒻《こんにゃく》、人参、大根、里芋、薄揚げを刻んで、だしとうすくち醤油で煮たものに豆腐をつぶし入れてさっと煮立てる。子供にも食べやすく、冬の夜は体が暖まる。かす汁は塩ザケやブリの端っこを入れるが、私は子供のころから、酒飲み嗜好なのか、かす汁の酒の匂いが好きであった。

魚を使う鍋もので、「ちり」を食べたのは戦後の気がする。それとも子供は酢がきらいゆえ、むかしは食べなかったのか、「沖すき」風に、魚の鍋はみな、うすくち醬油と砂糖の味つけをするのであった。

かやく御飯に白味噌汁、というのも秋・冬の楽しみであろう。暑い夏がすぎ、肌涼しくなると、たきたての御飯に醬油の匂いが立つのが何ともなつかしい。これは蒟蒻、薄揚げ、人参、ささがきごぼう、小芋などを刻んで、昆布を敷き、うすくち醬油をさした米と共にたきこむ。これにまったりした白味噌のおつゆ、黄色いおこうこをぽりぽりと食べれば、最高の秋のおひるごはんである。

ウナギを焼き、頭だけ落としたのを半助《はんすけ》と呼んで売っているが、これと焼豆腐をたき合せたのも、りっぱなおかずになる。焼豆腐をたき合せるのはこのほかに、キスの焼いたのを串にさして売っている、あれと取り合せたのもおいしい。

大阪でメエというのがある（ひじきとは少しちがう海藻である）。黒いメエを薄揚げとたいて、一日十五日に大阪の商家では食べた。「芽が出るように」という縁起ものであった、「十八メエ」といって十八日に食べた、という人もある。取り合せといえば、私の祖母がよくたいてくれて、子供たちも好きなものに、さつま芋と葱《ねぎ》のたき合せがあった。だしとうすくち醬油だけでよい味になるが、総体に大阪の平生《へいぜい》のおかずは、残り物余り物を巧《うま》く使っているところに特徴がある。

七月二十五日、大阪の天神祭は、また夏のご馳走のハイライトでもあった。ハモの照り焼き、ハモの湯引き（ハモを湯がいてまっ白になったのを梅肉酢でたべる）そうめん、ばらずし、タコときゅうりのお酢のもの、間引き菜と白天《しろてん》のたき合せ、……あるいはまた、クジラの皮をまっ白にさらしたのを酢味噌で食べるオバケ。大阪の夏祭りは天神サンのほかいっぱいあり、地蔵盆でおしまいになるまでつづく。サバの味噌煮がどの家でも食べられるころは、また肌寒い風が吹きはじめるのである。

夏の食卓の楽しみ

夏、というと私は祖父の双肌《もろはだ》ぬぎの姿を思い出すのだが、これは戦前の、それも昭和十年代である。

大阪の夏は暑い。浪花名物の夕凪《ゆうなぎ》、夕方、風が全く落ちてネットリした温気《うんき》が町をつつみ、昼間の炎熱に灼かれた瓦は、そのほてりを屋内によどませる。

下町の商家は天井が低いので、そのむしあつさといったらない。

おまけに家に人数が多いから、よけいに暑く感じられる。

祖父はまっ先に風呂を使い、庭に打ち水をさせ、双肌ぬぎで坐る。その裸の肩には、冷水で濡らしたタオルがかけられる。クーラーなどない時代、黒い扇風機はあるが、祖父はこういうのを好まない。もっぱら冷い濡れタオルである。

「これが一ばんや」と祖父はいっていた。大家内の私のウチでは、食事どきは大きいテーブルにぎっしり坐り、それが何交代もするのであるが、祖父ははじめから終りまでズーッと坐っている。

そうして、肩の濡れ手拭い（祖父や祖母はテノゴイという）は、時折、冷水で絞りなおされる。これは祖父が命じるのである。

あれはいま思うと、夏の晩酌を涼しくする最高の工夫みたいな気がする。

夏の祖父の飲みものは「柳蔭《やなぎかげ》」である。江戸では「本直し」というたと、江戸時代の本にある。みりんと焼酎半々に合せたものを冷やして飲む。牧村史陽氏の「大阪方言事典」をみると「戦争中の酒類統制ですべてが東京式に統一せられ、柳蔭の名はついに消滅してしまった」とある。

父は夏でも燗《かん》をした日本酒であったようだが、「酒は冷とうして飲んだらあかん」といい、それぞれ自分の好みをゆずらなかったようである。それでもみな大阪者なので、夏の酒の肴《さかな》は、ハモの湯引きに梅肉酢、タコ、間引き菜とてんぷら（これはきくらげの入った白天というもの）のたき合せ。

そんなものであったろうか。

ところで私も、夏はかえって熱燗が涼しくていいのだから、そこは父に似ている。

もっとも、いまどきは、その前にビールを飲んだりして、まず口中の熱を払うけれども。

それから昔より格段に進歩したのが食卓の演出で、食器はガラスになる。何よりもまず、箸《はし》枕《まくら》がガラスのものになる。私は箸枕のコレクションに凝っているのである。いまだに大阪の夏のご馳走はハモだが、そのほかお昼に魚を煮ておいて、さめたのを冷蔵庫に入れ、煮凝《にこご》りとともに食べる、――夏の料理は前日からはじまるといってもいいくらいで、手順をよく考えないといけない。

スダチは夏から秋に手に入るので、これを輪切りにして盃《さかずき》に浮べる、これもお燗をした酒なればこそである。きりっとした匂いと爽やかな酸味が添い、涼しげだが、ながく酒に漬けるのは邪道で、すぐ引きあげること。

おからをたく。これも前日ぐらいにたくのがいい、よくたきしめたのを冷蔵庫に冷やしておき、それを食べる。人それぞれの味だが、私はぱらぱらに煎るのは好きではなく、しっとりと煮つけたのを冷やす、これに限る。

更に焼きナスを、かねて焼いて冷やしておく。これも昼には用意しないといけない。

この反対に、汗をかきかき食べて、あとかえってさっぱりするのに、焼肉などというのもあるが、これは煙もうもうで、私――だけではない、女ならたいてい、辟易するであろう、家で食べるしろものではなさそうである。焼肉はやはり焼肉屋で、心おきなく食べたいものである。

それより私は、ごく小さいコンロに、小さい炭火を入れて――電熱でもガスコンロでもよいが――かんかんと干した、質のいいうるめいわしを焼き焼きたべる、というようなのがいい。

これは四季を問わないけれども、うるめのハラワタのほろにがさは、夏向きの味である。テーブルに火があるとあついのだけれど、あまりに美味なので、あたまも尻尾も丸ごとかじって、スダチ酒を飲むと暑さも忘れる。それに、ぬか漬がほどよく漬っていればなおよい。キュウリやナスだけでなく、キャベツ、にんじん、茗荷といったものが、みなほどよく漬っていて、少しずつガラスの鉢に盛られていたりする、そして流れる音楽はハワイアン、——などというのが私にはいちばんいい暑さしのぎ。栄養がどうなっているか、私は知らない、しかし夏を涼しくというのは、冬あたたかくというのより、ずっと手間もお金もかかり、チエを絞らなければいけないもののようである。それだけに楽しみも多いけれども。

思いがけぬ美味

人生は思いがけないことばっかり、おきる。

私は大阪の下町そだちで、大阪人は春の魚島《うおじま》の桜鯛などを景気よく食べもするが、また、他郷の人が捨てるような、ハモの皮やウナギのあたま、鯨《くじら》のコロなどを上手に使って、おいしく料理する。ハモの皮は胡瓜ときざんで二杯酢に、ウナギのあたまは半助というが、焼豆腐とたきあわせ、コロは水菜のハリハリ鍋に、と、かなり口の奢《おご》ったくらしをする。そういうのを大阪人は自慢にし、料理上手を誇っていた。私もいつかそれに慣らされて、食べものを、とことん上手に工夫しておいしく食べるのは大阪人だけや、と思いこんでいた。

ところが、そんな才覚や工夫は、まだまだ底の浅いものであったのだ。世間がせまいということはしようのないものであるのだ。

私は中年になって思いがけなく結婚することになった。結婚も思いがけなかったが、全く未知の食文化に接することになろうとは、思いもかけぬことであった。

夫は奄美大島《あまみおおしま》の出身だったので、結婚したときから私は、豚足《とんそく》や豚の耳につき合わされ、これが驚倒するほど美味なのだ。

モノがおいしい、と痛感するには、まずおどろきがなくてはいけない。おどろくには、ある程度の若さも要るのだ。その意味ではいい時期にめぐりあった美味かもしれない。

結婚して間なしに、二階にいる義母が、大鍋を抱えて、えっちらおっちらと下りてきた。彼女は私に、この料理はとてもあなたの口にはあわないと思うけれど、ただ、息子が大好物なので作った、あなたはおいやだったら食べなくてもよい、でももし食べてみて気に入れば、また作ってあげる、というようなことをいった。とても遠慮ぶかい人で、そういいつつ、恥ずかしそうに着物の袂《たもと》で鍋をかくしているのだった。

私は好奇心を押えきれず、いそいで鍋の蓋をあけてみると、そこには大鍋いっぱいの豚の脚先がニラと共にたかれてあった。しかもいい匂いが鼻をうち、べろんとした皮の柔かそうなところ、ゼラチン状のとろりとした脂身、何とも旨《うま》そうではないか。大阪下町の庶民料理のチマチマ文化なんか、けしとんでしまうほど、豪快な料理なのだ。

これを食べるときは、お箸なんかつかっていられない。骨ごと手にとってしゃぶりつくのだ。その合間に、熱い湯で割った焼酎を飲み、飲んでは夢中で豚の足にかぶりつく。舌で、爪のあいだの肉をさぐり、柔かな皮や脂身をすすり、骨のスジをしがみ、両手の指、唇のまわり、鼻のあたまを脂で光らせて次から次へとしゃぶる。いくらでも食べられる。

豚は牛より美味である、と奄美の人々は信じているが、たしかに牛より淡泊で、飽きがこない。しまいに指は脂でネトネトするが、舌のあと味はさっぱりしている。豚は焼酎にまことによく適《あ》う。

「うまいか?」

と夫がいうので、返事する間も惜しくて、

「ウン!」

といって私は大口をあけてかぶりついていた。義母はそれからあと、安心して、こんどはもう、袂で鍋をかくしたりせず、持って来てくれるようになった。

それが手はじめで、いろんなモツのたきこみ、ホルモン料理に私は馴れてしまった。豚というのは捨てるところのない動物だというのも教わった。何とも見たことのないような内臓を、義母や叔母たちは、タワシで洗ったり、熱湯をかけたりして下ごしらえし、気永《きなが》にぐつぐつたいて、私が生れてはじめてみるおいしい料理をつくってくれるのであった。

私はそれまでもタイの目玉やホヤや、サンマのワタなどを好んでいたが、それどころではない美味の世界がひろがったわけである。

あとになって奄美の島へ渡ってみたら、まだその上に海の幸があった。人々は私と夫を歓迎して、海へ潜って大きな車海老をとり、ウニを割り、魚をモリで突いてご馳走してくれた。さながら「魏志倭人伝」の世界であった。

ガジュマルの樹の彼方、海は夕陽に染まり、

（なんと世界には、おいしいものが、ぎょうさんあることやなあ）

と私は呆然とした。思いがけぬ美味に、このあと、何度、めぐりあえることであろうか。

たべる

食べる、ということに関して、私の好きなタイプの人をあげてみる（べつに私に好かれなくったっていいようなものなので、どうということはないのであるが）。

1　モノをしごくおいしそうに食べる人。食欲のある人。無心に熱心に食べる人が好き。

2　マナーのよい人。この場合のマナーはフォークやナイフの使い方に習熟しているということではない。フォークやナイフはどうも使いにくいというので、先に肉を切っておき、あとで「お箸があったら下さい」などという人は好もしい。しかし、ガッガッという風情《ふぜい》で食べるとか、舌つづみを鳴らすとか、絶えずピチャピチャと咀嚼《そしゃく》音がきこえる人というのは、——意外にインテリの男女、ことに若い人に多い——やっぱりせつない。まあそれも状況次第かもしれない、大衆食堂などでは向かいの席にこの手の相客がいてもそう気にならず、むしろ、大衆食堂の雰囲気の妙味を味わうことができる。

3　つくるのも巧い人。

世の食通の中には、「これはダメ」「あれもまずい」と口うるさいくせに、自分ではからきし手が出せなくて、味噌汁ひとつ作れない人がいるが、私はこういう人は好きではない。

舌が鋭敏な人は、手先も鋭いほうがいい。

社会で一人前の働きをして、料理もこちょこちょと出来る、そういう人がいい。これは社会で働いてる女は苦もなくやってるのに、男に少ないのはフシギである。このごろすごいのは若い女の子、あれまずい、これダメと味覚にうるさいわりに、自分では何一つできないというのがいて、これじゃこの乱世に生き残れない。中学生になれば男女とも「弁当科」というのをこしらえて、自分の弁当ぐらいは自分でつくるのを、義務教育にしたらよい。

これは「離婚科」と名づけてもよい。将来、結婚の数だけ離婚もあるという世の中になるのは必至、男も女も、自分の食物ぐらいはつくり、食物を買う金ぐらいはかせぐ、ということができなくては困ってしまうだろうが。

それについてかねがね思うのだが、同じモノを食べるということは、同じ考えかた、同じ発想になりやすいのではないかと思うのだ。

夫が妻と長年、もしいっしょにゴハンを食べつづけてきたとしたら、発想が似てくるのはあたりまえじゃなかろうか。ダンダン顔も似てくる、というのはあることである。モノのいいかた、動作物腰も似てる夫婦があるものだが、あれも、同じ食物を食べてるからであろうか。

食物の影響は、人の思っているより、大きいかもしれない。

しかし昨今は、夫と妻が別々のモノを食べている。お昼は、夫は会社の近くの店や社員食堂、妻は家庭でノコリモノ、あるいは妻もうどん屋やそば屋、会社の地下のカレーショップ、などでとり、夕御飯もマチマチ・別々ということがあるかもしれない。

別々のものを食べても心だけは通い合う、ということもあるだろうけれども……。

食物を夫と妻が、男と女が、一緒に食べるということは、何かとても大きい意味がある気がする。カロリーやたんぱくなどより、もっと大きな何かが、一緒に食べる食事の中にはある。同じモノを食べてる夫と妻は、和合しやすく、仲よしになりやすい。

ただ、そうするには、男たち、夫たちは、お昼どきにいっぺん家へ帰らないといけない、そしてラテン民族みたいにゆっくり昼食を妻と摂《と》り、昼寝をして、午後また会社へ出るという優雅なことをしなければいけない。

ランチを食べに帰る、というのは無理としても、夕食だけでも共にできればよいが、女房のふところには鬼がすむか蛇がすむか、男たちは駅前の赤提灯にむらがって、なかなか家へ帰らない。かくて夫と妻は三食、別々のモノを食べ、やがて心もすこしずつ離反してゆく、——というこﾄになら ねばよいが。

「食べる」ということには、おそろしい大きな何かがある。小さいことだけに、それがつもりつもったら、長い年月のうちに、取りかえしつかぬほど大きなことになってる、というような――。

「食事」をバカにしてはならん、――とつくづく思う、今日このごろでございます。

ラーメン煮えたもご存じない

インスタント製品がたくさん出廻っているが、これを、あたまからバカになさる御仁がある。男にも女にも、いる。

インスタントラーメンなぞ、目のカタキになさる。

しかし慣れるとラーメンも便利にして、美味しいものでしてねえ。空腹時、ふと台所に立って、サッと煮て玉子を落したり、する。私の家の物干には、リンゴ箱に土を入れて葱なんか植えてあるので、先をちぎってきて、ドンブリに浮かせ、深夜ひとりラーメンをすする、けっこう美味しくて、イケるんであります。

ラーメンなんぞ、食べたことない、という人にラーメン作ってもらうと大変だよ。

じーっと袋の外の説明書を、メガネかけてよんでる。

（これは老眼鏡。そんな年頃の男）

「フーム」

なんて深刻なおももち。

「なーるほど。こういうものなのか」

なんて袋をあけ、とり出した麺の匂いをかいだり、端をポリポリ噛んでみたり。浦島太郎じゃあるまいし、ラーメンがはやって十なん年、この人、何してたのかしら。

「こういう、下賤な、心こもらぬ、いいかげんな、スカタンなものは食べたことない！」

とさもさも軽蔑したごとく叫び、

「大体やね、スープ、このスープというのはトリガラを二日ぐらいたいてこってりといい味にしたものを使うのだ、こーんな、袋に詰めた大量生産の粉末を食べるというような、安っぽい貧しげなことは文化人はせぬ。家《うち》の女房《よめはん》にもそんな手を抜くようなことはさせん。これはきびしくしつけておる」

そうかね。でも、いまとりあえず、どちらも空腹、時は深夜、夜泣きうどんも通らぬとあれば、酒の合間にラーメンぐらい食べてもいいじゃありませんか。今から二日かけてスープの素をとるわけにはいかないのだ。

早くしてよ。

「待て。計量コップあるか」

コップなんざ、どうでもいいじゃない、いいかげんの目安で……。

「そういうわけにいかん。こういう化学製品は分量をあやまると大変なことになる」

と化学の実験室みたいなことになり、ものものしい。麺がいかなる化学変化を及ぼすかと、じーっと鍋の中をのぞきこんでいたりして、

「おっと、何分、煮《た》くのやったか」

とあわてて、ゴミ箱に抛《ほう》りこんだる袋を拾いあげ、メガネをかけてじーっと読み返したりしちゃって。

やることが大時代だ、というのだ。

いくら四十男だからって、いくら会社で部長の何の、といわれてるからって、ラーメンのつくり方ぐらい、おぼえておけ。戦争にでもなったらどうする。

そんなことというまに、私が作ればいいのだが、私の方は酔っぱらって動くのが大儀、口だけは動くから、坐ってさしずしてるのである。

「ハハァ……やはり、書いてある通りすると、それらしき体裁をととのえてきた。匂いもまずまず。しかし、これだけでは愛想がない。やはり、インスタントというものは……」

「そこへ玉子や焼豚、もやしや葱を入れたら、けっこう賑やかになるやないの」

「おお、そうか、なるほど、なるほど。説明書にもそう、書いてあったっけ」

ほんとに、今どき、ラーメン煮えたもご存じない文化人は、困るよ。

のこりもの

のこりものには困ったもんだ。たべもののことである。

今日びの若い人はたべものが残ると、思いきりよく捨てるそうだが、〈勿体《もったい》ない派〉の私はトマト一きれ、目ざし一尾でも皿にサランラップをかぶせて冷蔵庫へしまってしまう。まあ、そういうのは少量だから、次の食事のときに食べてしまえる。思いがけなくたくさん残ったりする時が難儀だ。たとえばカツの数きれは、卵や玉葱と煮てやる。漬物はちょっと水滴をたらして、いかにも新しそうにみせたりする。リニューアルする。

誰にみせるかというと、相棒である。

男というものは〈冷蔵庫事情〉など、知ったこっちゃない、という体質なので、食卓をねめつけて〈フン〉と不満そうに鼻を鳴らす。

〈何や。これは。昼の残り物やないか〉

〈残り物じゃないよ。ちゃんと別の料理になってるんだぞう〉

〈カツは昼食うた〉

〈別のものになってるんだけど〉

〈なってない。カツはカツじゃ〉

リニューアルの苦労なんか、みとめようとしない。私は〈勿体ない派〉である以上に、この年でまだ締切に追われているという、おろかな暮しを強《し》いられているので、忙しいときは手のこんだことはできない。いや、私にもヘルプしてくれるスタッフがいて、彼女らが私たちの嗜好を考え、可憐な努力で、食事を準備してくれるのであるが、ぽかっと私が用意しないといけない日がある。そういうときに限って私は締切にいじめられている。そうして残り物のリニューアルを出すと、相棒は怒りたけるわけである。

〈何もワシは、男に残り物を食わせてけしからん、ト、こういう古くさい男性優位の思想から怒ってるんじゃないっ〉

〈どうだっていうのさ〉

私はひたすら時間が勿体ないから、さっさと変貌《へんぼう》カツをたべにかかるわけである。相棒は怒り泣きして、酒だけ、飲みつつ、

〈花がない、ちゅうんじゃ、残り物には〉

〈花〉

〈およそたべもんには、アッといわせられる花があるべき。それがこの、しけた、塩たれた、くたびれた、コテコテの残りもんには、求むべくもない。花じゃっ〉

〈そうかい〉

私は忙しい。ひょっとすると徹夜になるかもしれない。花だろうが月だろうが知ったこっちゃなく、とにかく、かっくらう。

〈花のない食べもんなんか、ええトシした人間の口にするもんちがうっ。残りもんなか、どない、変装させても所詮、いやしき氏素性は争えん。これから気ィつけえっ〉

〈はいはい〉

〈はいは一ぺんでええっ〉

三馬の『浮世風呂』には〈おはいはいのはい助〉というのが出てくるが、男の屁理屈には〈はいはい〉で嵐をやりすごすのがいいようだ。

わたしの朝食

私は起床は早いほうだが（七時半から八時のあいだ）朝食は食べたり食べなかったり。というより、自分ひとりの分をつくる気はしない。相棒は家で朝食をとらずに出ていくからである。

以前は電車の駅が近いので物珍しくって、相棒と一緒に電車に乗って塚口駅の構内うどんを食べたりしていた。この頃はじゃまくさくなり、相棒を八時に送り出すと、一人きりの朝食をととのえる気になれないのである。

ヤツのほうは電車で神戸へ通っているが、これは新開地駅でおりる。神戸の湊川新開地という所は働き人《ど》の町で、朝からうどん屋も大衆喫茶も開いているので、好みの朝食をゆっくりとっているのだそうだ。

私が朝食をとるのは、日曜・祭日という休日だけ、これはヤツが家にいるから、しかたないのだ。私はスヌーピーの絵のついたエプロンをかけて朝食をつくる。

まず食卓をチャンとして。

私とヤツの席、それからスヌーとオジン*の席をととのえる。テーブルクロスにナイフやフォークをそろえるだけでも四人分だから大仕事。

冷いものも熱いものも同じ時間に出来上るようにしようとすると、機敏な手腕を要するので、太ってる私としては大車輪、しかしこれはタマにするから、「親方のいっとき力《ぢから》」でできるのだ。毎日なんか、やってられない。まず、レモンと蜂蜜入りミルク。厚めのバタートースト。紅茶とコーヒー。ベーコンエッグ。

と、こう書けばかんたんだが、レモンを絞ったところへ、早めにミルクを混ぜると、分離してしまうし、レモン汁に蜂蜜を入れてかきまわすのは、ちょっと時間が掛るのだ。

トーストの焼き上りにも気を使う。ベーコンエッグの出来上りと時を同じくして、ふんわり、焦げ目をつけようとするとタイミングがむつかしい。

それにバターは冷蔵庫へ入ってかたくなってるから、「うっすら塗る」ということができなくて、カタマリをトーストに置いてオーブントースターで溶かす、という……。いやまた、紅茶の葉のひらきかげんまで気にしているとキリがないのです。

で、まあ、そうやって並べ、左手には相棒、向いにでっかいスヌー、右手につつましく目を伏せたオジン、などという子供たちが坐り、レコードは、ちょっと前は「青きドナウ」であっ

たが、今はハワイアンで「珊瑚礁《さんごしょう》の彼方《かなた》に」なんかかけて、

「お早う」

とみんなでいって、食べはじめるのだが、私は一人だけ、トーストにジャムをつけてたべる。そうするとオジンがじーっとそれをみている。「食べる?」ときくと遠慮していつも小声で、「ううん、いいの……」とモジモジ、実際、貰いっ子というのは悪遠慮をするものである。「ハキハキしなさい!」と私は叱《しか》るが、しかしオジンを愛してない、というのではない。

かくて私の朝食は、休日だけということで月に数回である。白状すると私は常に朝はかるいフツカ酔いで、後悔と不安に捉《とら》われているので朝食どころではないわけである。

＊スヌーとオジン　著者が「養子」に迎えたぬいぐるみたち。

食事憲法

絶対、守らないといけない憲法は、夜、七時には何はともあれ、筆をおいて、夕飯、晩酌を同居人ととること。

おひるごはんは（ウチはブランチで、十時半か十一時ごろ）これまた、キッチリ、同居人と食べること。

書いていていい気持になってるときなど、エーイ、ゴハン抜きだあ、と叫びたいが、これやると、あとで尾を引いてうるさくいわれるから、ともかく、ペンをおく。

でもおかげで、私は、健康を維持できたと思っている。

昔は、朝早く起きるというのもあった。子供たちがいたり、同居人が働いていたりしたから、徹夜しても朝ねむれずに、そのまま起きて朝食の用意をしたり、部屋を暖めたり、電灯をつけたり、お弁当をつめたり、という仕事もあった。これは別に憲法ではなかった。ただ私は、「主婦ごっこ」をやりたかったので、自分で自分にそういうノルマを課していた。

主婦の仕事は、朝、家中で誰よりも早く起きて、お湯を沸かして御飯をたいてニコニコしてることだと思っていた。自分でつくったお手製憲法である。まだ若かったから、朝早く起きるのが何より辛かった。それに何たって「ごっこ」で、やらなかったとしても、誰も文句をいわない。それをやるというところに「お手製憲法」のしんどさがあった。

あの時代に比べれば、いまは、極楽の生活である。朝も夜も、いつ起きても寝てもいい、ただブランチと晩酌にさえ、つき合えばいいことになってる。憲法は二条でおしまいというわけであるが、仔細に考えると、食事中に、

1、むくれないこと

2、人のワルクチいわぬこと

さらに1の「細則」には、◎仕事の文句いわない。◎泣きごといわない。◎仕事の内容の説明しない（お互いに）、というのがある。

2の中には、ワルクチをいわぬとしても、政治家、タレント、公人をのぞく、というのがあるが、仕事の話とワルクチを封じられると、私はほかにしゃべることが思いつかなくて、酒を飲みながら同居人に、

「エート……エートですね」

「何や」

「エー、中曽根サンは、あれは自前の毛なんでしょうか、アデランスでしょうか」

「下らん。ほかの話はないのか」

「スヌーが風邪ひいたらしくて」

「スヌーの話で酒が飲めるか」

同居人はブーたれて憲法違反をやっている。こういうときに若く美しき女性編集者などくると、同居人はたちまち護憲派となり、上機嫌で、

「いやー、まずかけつけ三杯、ハハ、ハハ」

そうそう、「細則その三」には食事中テレビは見ない、というのもある。わが家では浮気やバクチに関する憲法は何もないが、食事に関してはいろいろうるさいようだ。

松茸の風流

その松茸は、「コレガ松茸デス」という、教科書に描かれた見本のように実に美事な姿をしていた。大きからず小さからず、傘は開かんとして開ききらず、茎はしっかりとして白く、叩けばカンカンと音がしそうにかたい。

松茸も傘が開ききってしまうと屋根のようになり、頭頂がひらたくなって、周りのエンペラがビラビラして、土くれや松葉などくっついたりし、いかにも世間擦《ず》れした、というかアバズレのような感じになってくる。

しかし、その松茸は、まだ世間知らずの、深窓の松茸という感じで、品がいい。

何より、匂いが高い。

私は以前、松茸狩りにいったことがあったが、あれは匂いでさぐりあてる所がある。地面のどこかで馥郁《ふくいく》たる松茸の匂いがする。しゃがむと、匂いはいよいよ強くなる。軍手をはめた両の手で、そっと匂いの強いあたりの落葉をかきのけると、松茸が顔を出す、というあんばいである。

そのいい匂いが、姿の美しい松茸にはそなわっていて、これは輸入ものではない。知人が「いま松茸狩りから帰りました。あんまり採れなかったのですが、これ、お土産です。お汁《つゆ》の実にでもどうぞ」と下さったのであった。

私は無論、大よろこびで、晩酌のたのしみにすることにした。初物というわけではないが、そんなに姿と匂いのいいのは、その年はじめてであった。

私と夫と、二人で食べるのは勿体ない。

これを焼き松茸にして、割いて、スダチの汁をしたたらせて食べたら、どんなにお酒がおいしいであろう。近所の飲み友達を呼ぼうではないか。私は夫にそう提案した。

岸某というのでキッシャンという青年と、飛鳥ケンイチというので我々はトビケンと呼んでる青年が、私たちの飲み友達であった。

松茸は一本だから、どっさりあるというわけにはいかないが、飲む口実にするのは風流である。こういうものは風流に食べないといけない。しかし夫は、わざわざ呼ぶのは風流ではない、と反対した。

「呼ぶ、ということ自体が、無粋や。どないして呼ぶねん」

考えてみると、キッシャンとトビケンも、私は呼んだことがなかった。共通のいきつけの飲

み屋で会うか、向うから、

「センセ、いたはりまっか。飲みまほか」

などといって家へやってくるのであった。

キッシャンもトビケンも妻子持ちの青年であるから、私が家へ電話でもかけて、

「キッシャンいたはりますか」

などという。キッシャンが出ればいいが、奥サンが出てきて、今るすですが、何かご用でしょうか、などといわれたら、これはやはり風流にならない。トビケンも、あるいは水入らずで家族とだんらんしているかもしれない。それを松茸一本で呼び出すのは、風流にならないだろう。では、どうするか。

「呼ぶのはあかんけど、向うからふらっと来よったら、ええねん。それなら風流になる。よぶ、というのは気を使うていかん。招く、というのはダサイことや。しかし、ふらっと来る、というのは風流でよい。それこそオトナの風流や」

夫がゴタゴタいっているうちに、私は夕食の用意をし、松茸を焼き、お酒を温めた。茎のところがシッカリした松茸だったから、虫喰いなどちっともなく、割くと意外にカサがあり、四人分ぐらい、いけそうであった。

「キッシャンやトビケン、何をしてんのかなあ」

と私はいったが、もし、今にも彼らが来たら、と思うと、松茸に箸をつけられない。

「べつにキッシャンやトビケンでなくてもよい、そのつもりでなくポッと来た人を引きとめて飲む、というのもよい。そのほうが風流や」

と夫はいうが、「ふらッと」も「ポッと」もどっちも来ない。

スダチの清新な香りにまじって、松茸の匂いはいよいよ濃くなり、私の食欲は刺激されるが、今にも「センセ、いたはりまっか」と彼らが来そうで、もう少しがまんしようと思う。夫も皿に盛られた焼松茸を見やりつつ、

「ワシが生れてはじめて松茸を食べたんは十八の医学生のころやった。南国には松茸なんかない。十八の時、大阪へ遊びに来て、人に松茸のフライをご馳走され、何という神秘な味やろうかと感じ入った」

と酒をがぶっと飲む。私はせせら笑い、

「へーん。あたしは大阪っ子やから、小さいときから松茸なんか、秋になるとふんだんに食べたわ。松茸なんか、八百屋さんの店先に山盛りになってるものやと思いこんで育ったわよ」

「それ、その、大阪人の『中華思想』がいやらしい。何でも大阪が一ばんや、と思《おも》てる」

「一ばんやから、しょうがない。松茸、うどん、はも、あなご、たけのこ、……中でもやっぱり松茸ね。でもフライなんかしたら、松茸の味はわからなかったでしょ」

「いや、わかった。匂いもよかった――しかし、それにしても、あいつらおそいな」

「だって呼ばないもの、来るはずない」

「しかし、呼ぶのはおとな気ない。おとな気のないのは風流とはいえん」

そこは私も同感である。早く彼らが来ればよい。……と思ってる時に限ってキッシャンらは影もささない。早く食べたいと思いながら、私と夫は松茸の話ばかり熱心にしている。

考えると、目で賞味する、というのが一ばん風流かもしれないが、風流というのは辛いものであるのだ。お酒ばかりやけくそで飲んでしまう。

「風流に固執するのも風流じゃないね」

「ワシもそう思う」

夫は重々しくいい、松茸を二人で食べてしまった。

とりこみ主義

年のくれになると、外でたべることが多くなる。私は大層な料理よりも、ちょいとした突き出しや小鉢の和《あ》えものに興をひかれる。すると何となく、

「これはどうやって作りますか」

などと、半分お愛想にきいたりする。おかみさんが答えるより早く、カモカのおっちゃん*は、

「聞いてどないしまんねん」

といぶかしむ。

「別に。おいしかったから、何となく」

「何となくやったら、聞かんでよろし。店の企業秘密やから、本気になって教えるはずない。返事しにくい。知らんともいわれへんし、抛っとけ、ともいわれへん」

おかみさんは、「あーらそんなご大層なもんとちゃいますねん」といっているが、

「そうね、よく聞くかたもいらっしゃいます。お料理好きの奥さまなどは」

「聞かれてチャンと教えますか」

「一通りはいいますけど、コツは申しあげません」

と、コロコロ笑っていた。

私は面倒くさがりだから、たとえ聞いても家で試みたりしない。しかし世間にはマメな女も多く、店でいろいろ聞き、調理場まで入って熱心にメモったり、しているそうである。

そういう熱意のある女の家庭では、さぞおいしいものが食卓にのぼることであろう。

「そうかなあ。どうも僕は、そのへんの女の心理がよう分らんが、そんなもんウチで食べても、つまらんでしょうが」

おっちゃんは懐疑的である。

「でも、もしこの、ワケギのヌタ、これと同じものが家で食べられたら楽しいなあ、と女は思いますよ」

「食べたかったら、ここへ来たらよろしやないか。何でもかんでもウチで食べられたら生きてる精《せい》ない。あの店のワケギのヌタを食いたい！　と思《おも》て出かける、そこにウキウキする人生の心弾みが生れる。忙しいとか、懐が淋しいとかで、ちょっと店へいけん、ボーナスもろたら早速いって、ワケギのヌタで一ぱい飲みたいと考えてる、それがええ」

「だから、それと同じものをつくって、晩の酒の肴に、家で出そうという、女のいじらしい暖かい亭主思いの心——」

「いや、そら、かなわん」

おっちゃんは、「女のいじらしさ」や「女の暖かい亭主思いの心」などが出てくると、ちりけもとが寒くなる——というところがあるらしい。ギョッとしたように居ずまいを正し、

「そういうのは要らん、お心づかいご無用に願いたい。あのワケギのヌタ、——と遠くにありて思うからええのであって、そのあこがれのワケギのヌタが図々しく家の晩ごはんのオカズに出たら何としよう。いつも見慣れたウチの皿、見慣れたウチの人の顔で、見慣れたウチの箸で食べたとて、何、感激があろう。——そこへくると、店で食べると、雰囲気がちがう。お酒！　とまず叫んで店内を見廻すと、ヨソの人ばかり、ヨソの皿小鉢、ヨソの割箸、ヨソの熱いおしぼり。そこへ熱燗とワケギのヌタがくる、この突き出しはタダやが、タダやからというてお代りなどいうてはいかん、『ああこれこれ、これで一杯飲みたかったんや』と、しみじみ食べる、それでこそ生きるたのしみ。

それがうまいからいうて、その作り方聞いて、ウチでも作る、ちゅうような、じゃらじゃらした、いやらしい、ズルズルとだらしないことをしてはならん。なんでオナゴはここが分らんのか、けじめをつけて頂きたい！　何でも家へ持ちこみゃいいってもんやない！」

おっちゃん、大演説をする。

おっちゃんがそう出ると、私は今までそれほどにも考えていなかった、どっちでもよいというぐらいであったのが、こうなれば女の立場から、女のほうを擁護せねばならぬ。

「だってウチで作るほうが安上がりでしょ、それにいちいち外へ出かけて食べるより、家でくつろいで食べたほうが」

「男は外のほうがくつろぐ」

「外へ出かける手間もはぶけるし」

「その手間が生き甲斐」

「料理のレパートリーをふやし、家庭の食生活をバラエティ豊かにしようという、家族を愛するがゆえの女の努力を、おっちゃんはみとめないんですか」

「努力はみとめますが、外にあるもんは外にそのまま、おいといてほしい。何でもウチへとりこまんで頂きたい。それはオナゴのとりこみ主義ですぞ」

「とりこみ詐欺っていうのはありますけどねえ……」

「オナゴはんのはとりこみ主義。レストランでええ皿使うてると、『パパ、ウチもあの皿のセット買いましょう』とくる。テレビで何か見ると、ウチでもあれを、という。ネズミが巣の中へ何やかや引きこむように、やたらと巣へ運びたがる」

「女をネズミにたとえるんですか！」

「猫でもよい、必ずねぐらへ引きこんで、一人しみじみ舌つづみを打つ」

「男もしませんか？」

「男はしません。男は外にあるもんは外にあるまま楽しもうとする。オナゴは外にあるもんを必ず内へ引きこみ、とりこもうとする。このせつの主婦は、フランス料理や懐石料理習いにいったりする。ウチの中で有名レストランや料亭とおんなじもん食うようになったら、男はどうしてりゃええんですか、外でたべるようなうまいもんがウチでたべられるようになったら、男は世がはかのう、なってくる」

「おっちゃんは古いんです。いまや、おいしいもんは家庭でこそ、――と女たちは自負してるのです」

　私はつめたくいう。おっちゃんも負けず、

「家へ何でもとりこむな、というのは料理だけやない。一軒一軒に車なんかいらん、バスが発達すればよい。庭もいらん、公園つくるべし。本も個人で買わんでええ、図書館がある」

　――本は困るな。私の本が売れなくなっちゃう。

＊カモカのおっちゃん　著者のエッセイの登場人物。当初は架空の人物だったが、のち著者の夫・川野純夫氏を指すようになった。

「梅干し」と私

梅干は私の好物なので、切らさずに置いている。大粒も小粒も好き。小粒のほうは市販のそれではなく、以前うちにいたお手伝いさんが漬けてくれたもので、これは柔い。かたくてコリコリという小梅も嫌いではないが、しっとり柔く漬かった小梅は好ましい。大粒では食べ切れないときもあるので、そういうときに小粒はちょうどいい。

御飯に梅干、黄色い沢庵漬、それに味噌汁などあれば、私にはもう、いうことなしの食事なのであるが、このごろは若いスタッフがうちにいるので、それでは塩分を摂りすぎだの、栄養がどうの、といって、そういう食事ができなくなった。しかし私の内心では結構な会席膳と、一見プアな梅干定食とは等価値なのである。

また、この頃の梅干は昔と違い、酸っぱさが少く、まったりした味に加え、肉厚なのでいよいよ美味しくなった。いい梅が少くなり、東南アジアで栽培させている、というような記事を目にしたことがあるが、栽培もたいへんなら、梅干にするまでの手間もたいへんなもの、それを思えば梅干の玄妙な味はまことに珍貴といわねばならない。握りめしとなると、これはもう、絶対に梅干がなければ承知できない。梅干の酸っぱさが、御飯に出あってまろやかな甘味となり、一粒いただくと、また一粒と箸がすすむ。

梅干は酒にも適《あ》う。私は生わさびや青紫蘇、削りがつおにたたいた梅干をまぜた、梅たたきが好きだ。はもちりのときは梅酢に限るし、いろんな調味料のようにしても使う。

冷やむぎなんかのとき、青紫蘇や切りごま、海苔などのあいだに、梅肉を点々と散らし、つけ汁をその上からまわしかけて頂くと、梅干の味がまことにさっぱりして、わさびで食べるよりも爽涼感がある。私の祖母は山椒《さんしょう》は目のクスリやといい、梅干は体ぜんたいのクスリ、毎日一個は梅干を頂いてると病い抜けしまんのや、と教えてくれたが、ほんとに九十一歳で死ぬまで祖母は達者な人であった。

春野菜

田舎へいくと、近頃は〈道の駅〉があって、地方の物産やなりものを売っているから楽しい。友人が、〈春野菜・てんぷら用セット〉の小さい籠《かご》をおみやげにくれた。

つくし。小さい雪の下の葉っぱ。春菊。せり。椎茸。……みな、ちまちまと可愛いが、いきいきして匂いもいい。ことに椎茸は新鮮だ。――どこやらの国の輸入椎茸みたいに農薬まみれではないだろう。

私の祖母はよくいっていた。

〈人はな、生まれ在所《ざいしょ》から三里以内にでけたもん食べてたら、体によろしねん〉

今日びは、都会に住む身として、三里以内でできる米や野菜を口にすることはむつかしい。しかしせめて野菜は国産のものを食べたい。たとえ割高であろうとも、だ。只今《ただいま》のところ輸入野菜に私は不信感と猜疑《さいぎ》心で一ぱいである。ＢＳＥの例もあるから、水際で検査してくれるはずの日本のお役所だとて、全幅の信頼をおきがたい。

というのも、私はこの頃、野菜大好き少女になったのだ。もちろん、肉も魚も頂くけれど、野菜の滋味に開眼したのである。これは老いたしるしであろう。葉っぱ類も、豆類も、牛蒡《ごぼう》、人参、芋、蓮根《れんこん》のたぐい、みな好もしい。

老母に〈春野菜セット〉を見せると、

〈おやおや、なつかしいものがあること〉

と、つくしをつまんでそのまま口へ入れて食べてしまう。

〈あれ、ナマで食べていいの？〉

〈昔、学校のいき帰りに、土手や山裾《すそ》に生えてるのを、皆して摘んでは食べたもんですよ〉

——老母は大正の女学生で、高等女学校へ往復三里の道を下駄《げた》であるいて通った上に、つくしなんか食べてたから、長生きしたのです、といばった。

春菜《しゅんさい》のてんぷらは品よく揚がり、蕗《ふき》の煮つけ、筍《たけのこ》とわかめのたき合わせ、頂きもののいかなごの釘《くぎ》煮、などで春の夕餉《ゆうげ》ははじまる。お手伝いさんは自宅で食事をすませてくるし、ミドい、嬢＊は休み、食卓には私と老母の二人。

庭の彼岸桜の若木はもう葉桜となり、緑が濃くなった。今年はよく咲いたので、車椅子の老母と、ここで〈お花見〉をしたっけ。

そのとき老母は桜を見上げて、

〈一句できましたよ。書きとって〉というではないか。

〈ハイハイ、おぼえておいてあとで書くわよ。どういうの？〉

〈「ぱぱさんは、いなくて桜　咲きにけり」――というの〉

――夫のことであろうけど、老母の発音ではどうしてもパパよりも〈ぱぱ〉という感じであった。私はその句のことをいった。

〈そんなことというたかしらん。忘れたわねえ〉

と老母は無心に箸を動かしている。

〈この間のことやないの〉

〈この間だって何だって忘れるときは忘れますよ。忘れるからこそ、長生きできるんですよ。しょーむないこと、ごじゃごじゃおぼえてる人は早死にしますよ〉

口では老母にかなわない。健啖《けんたん》ぶりでも負けそうだった。これで九十七だ。

＊ミド嬢　著者の秘書。

過ぎた小さなことども

一

このごろ、祖母のことをちょいちょい、思い出す。

祖母は十何年前に九十一で老衰死している。父方の祖母である。曽祖母《そうそぼ》は八十二でやはり老衰死、私の家系の女たちは長寿で、私が健康なのもその遺伝であろうと、ありがたく思っている。

さて、祖母だが、別にとりたてていうほどのことは何もない。無名の市井の女である。

尤《もっと》も、無名でも、世の中には立派な老女もいられ、その凜然《りんぜん》たる生き方や志を、身内によって語り弘《ひろ》められる人もあるが、祖母はことさら顕彰されるべき存在ではない。ただただ、この世にひととき舞い降り、やがて跡形もなく消えていった、春の淡雪のような庶民の一人である。

私も、死別して長いことではあり、なつかしくてたまらぬというていのものではない。

しかし、日常の折々、祖母の言葉がふと耳もとを過ぎ、祖母がくるくると働いていたたたずまいが目に浮かぶのは、どういうものであろう。

――この夏も私は、ある日、人に頂いた山椒の実の煮《た》いたのを食膳に出しながら、

「これを食べましょう。夏は、これを毎日三粒たべていると、目瘡《めがさ》にならぬ、といいますからね」

と、ついいい、メガサとは何ぞ、と家の者にいぶかしまれた。私も知らない。祖母の口癖が思わず私の唇にのぼってきたのである。目脂《めやに》が出たり、目が霞《かす》んだりする目の病いを総称して祖母は目瘡といったのだろうか。目の性《しょう》がよいとか、よくなるとかいうことを祖母は好んでいい、目の健康に関心があったのだろう。山椒の実の佃煮《つくだに》は、ピリッとからいので暑気払いになり、心気爽快をもたらすので、それがいかにも目の病いに効きそうな気がしたのかもしれない。

なんにせよ、その祖母の口癖が知らず知らず私にも伝染《うつ》っていたのがおかしかった。子供時代というのは、わりによくオトナの言葉を聴き取り、オトナの行動をみつめているものであるらしい。

子供の私から見る祖母は、ほんとによく働く女だった。大家族の家なので、用も多かったろうが、祖母はその元締として、自分から、くるくるとコマ鼠《ねずみ》のように動いた。

祖母は小女《こおんな》で痩《や》せ、明治生れらしく、よく使いこんだ敏捷《びんしょう》な体つきである。祖母の朝は早い。誰よりも早く起き、前栽《せんざい》（庭）に面した廊下の隅にある鏡台（端っこが剝《は》げた鏡）に向き、髪を結う。小さい奥眼を据えて頭頂《あたま》のてっぺんの禿《は》げた部分にかもじをあてがい、禿げをうまくとりつくろってから、まわりの髪をかき上げて「二百三高地」風の髪型にする。祖母はそのかもじを、ハゲアテとよんでいた。（のちに京都の東寺《とうじ》の縁日へいくと、「ハゲアテ」と書いたかもじ屋の店があって、私はなつかしくもおかしかったが）

しゃっきりと着物を着つけ、やることが手ばしっこく、そつがない。そうしてどんなに暑い日でも、肌を見せない。戦前の庶民はわりに裸に無感覚で、男たちは上半身はだかで仕事したりくつろいだりし、私の祖父など、夏の宵の晩酌はいつもはだかの肩に「テノゴイ」（手拭いの訛《なま》り）と称する濡れタオルをかけて涼を取っていた。

冷房もない時代のこと、三伏《さんぷく》の極暑の夕凪など、どうかすると女たちでも、家のうちでは上半身双肌ぬぎでいたりする。勿論《もちろん》、そういうのは、いいトシのオバハンであるが、子供の私が友達のうちへ遊びにいくと、そこの婆さんが萎《しな》びた乳房をほうり出して双肌ぬぎで団扇《うちわ》を使いつつ、「はい、ようお越し」と迎えてくれたものだ。

祖母はそういう恰好には口やかましい人で、私は祖母の裸を見たことがない。祖母のふだんの身装《みな》りは、着物にたすき、前掛け姿であった。白い割烹着《かっぽうぎ》というのは昭和に入って若い嫁たちが愛用したもので、明治女の祖母の働き着は、たすきに前掛け、日本手拭いを二百三高地髷《まげ》のあたまにかぶる（日本手拭いをあたまにのせるのは掃除の時だけであるが）。

このたすきは、一本の腰紐で両袂をからげて肩のあたりで結ぶのであるが、来客や外出の折は手早くはずされ、前掛けも取られる。

祖母がそういう恰好になると外出、それも夕食の買物にきまっているが、私は祖母の袂にとりついて、外出先が公設市場であるというと大喜びでついていった。

福島の、阪大病院近くにある公設市場はずいぶん大きく店数も多く、夏ならその入口にあるアイスクリン、冬なら鯛焼が買ってもらえるからであった。そしてまた冬は、祖母の袂が私にはよい手ぬくめになる。

小学一、二年の私は赤い衿巻《えりまき》を祖母に首に捲《ま》きつけてもらい、霜焼けでかゆい指をこすりつつ、小さい下駄を鳴らして祖母について歩くが、祖母の袂を握って歩くよりは、袂に手を入れていくほうが「暖《ぬく》い」と喜んだ。

祖母の買物は主として、祖父と曽祖母の夕食のためであったようである。家族のほかに従業員数人、女中《おなごし》さん二人、二十何人の大家内の食事は、祖母が献立の采配をして、私の母や叔母たち、女中さんたちが準備する。

しかし晩酌をたのしみにする祖父や私の父、曽祖母らの特別料理のため、祖母はちょっと遠くの公設市場まで買物に出かけていたとおぼしい。上等の旬《しゅん》のもの、高価でおいしいものを、ほんの少しずつ買う、そんな買物は、祖母の役目だったらしい。祖母は曽祖母や祖父にはほんとに、「仕える」という感じで、心を砕いた人だった。

市場を出てみたら雨だったことがある。「おお、うたてやの」と祖母は怨《うら》めしそうに空を見上げたが、やや小降りになったので、私を袂でくるむようにして大いそぎで帰った。二人ともできるったけ足をいそがせて歩いたが、祖母も私もすっかり濡れてしまった。

祖母は帰るなり、女中さんにいいつけて熱い湯の中に私の足を漬けさせ、（その湯の中には赤い鷹《たか》の爪が入れられる）葛湯を飲ませた。家風呂よりあたたまるというので、私は夕方、早目に、母に連れられ、電車みちの向いの風呂屋へいき、いつもより長く漬からされた。

それでも私はいやではなかった。大阪のオトナたちは、風邪ひきには風呂上りに熱い狐《きつね》うどんを食べるのが最上と信じており、狐うどんは私の好物だったからである。ようく暖まって出ると、果して私は隣のうどん屋へ連れていかれ、舌を焼きそうなうどんを食べさせられた。帰ってみると祖母はまたまた、煮えくり返る熱い甘酒を用意している。電車みちを渡る間、湯ざめせなんだか、という配慮である。私は熱い甘酒を飲まされ、お炬燵《こた》に入れられ、

「風邪の神サン、京へさしてのーぼれ」

と祖母にまじないを施され、ぐっすり眠るのであった。祖母の最も恐れるのは病気で、健康こそ庶民の（というコトバは祖母のボキャブラリイにはなかったが）タカラである、と信じていたふしがある。それも外側の造作《つくり》はどうであれ、内臓（これを祖母はナイという）さえ達者であれば、と思うようであった。

この祖母はなんの学もある人ではなかったけれど、大阪風のおばんざいをつくるのが上手で、倹約《しまつ》のあとをとどめず、美味に仕立てあげるのであったが、こういうものを食べていると、なにさま達者にもなろうかという、現代からみれば、かえって理に叶《かな》った食餌《しょくじ》であったように思われる。

魚の煮汁をたいせつにとっておき、おからをそれで煎りつける。勿論、煮汁だけではなく、そこには椎茸、人参、油揚なども細かく刻んで味付けして加え、青葱と紅生姜《べにしょうが》のせんぎり、山椒の実の煮《た》いたのを混ぜるという、かなり手間ひまの掛ったオカズで、おからともいえぬご馳走になるのであるが。

この魚の煮汁は、寒い時は一夜置くと煮凝りとなり、曽祖母の愛好する上等の酒の肴ともなった。

さつま芋と青葱のたき合せ。

冬のかす汁、けんちん汁。油揚とせんぎりのたき合せ。蒟蒻やひじきの白和え。

祖母の手がける料理はどれもおいしく、台所の煉炭《れんたん》火鉢にはいつも何かが、ぐつぐつ煮えていた。あるときはそれが塩昆布であり、「豆サン」であった。塩昆布は祖母がひまひまに昆布を小さい色紙形に鋏《はさみ》で切ったもの、この鋏は時に子供の手足の爪を剪《き》るのにも使うが、昔のオトナはそんなことに頓着しなかったものである。

塩昆布や豆サンは静かにぐつぐつ煮えつづけ、棚のブリキの茶筒には、冬ならかき餅がぎっしり詰り、夏は蠅入《はいい》らずにハッタイ粉があり、冷蔵庫に真桑瓜《まっか》が冷え……、「ポンポン空いた……」と子供が訴えると、いつも何やかや美味しいものが祖母から与えられる。子供の私はグリコのキャラメルも森永のチョコレートも好きだったけれど、祖母の手から常に、魔法のように出てくるかき餅やハッタイ粉が、好もしくてならなかった。

すっかり食べてしまったときの祖母の言葉はきまって「もうおしまいの金比羅《こんぺら》はん」であった。私の足に痺《しび》れが切れると唾を私のおでこに三べんつけ、「シビリ京へのぼれ」、つまずいて膝小僧《ひざこぞう》をすりむくと、そこへも祖母は人さし指で唾をつけ、「イタイタ、京へのぼれ」という。

——そうすると痺れも痛々《いたいた》も頓《とみ》に薄れた気がしたものだ。

祖母の声は祖母の年齢に近くなった私の、耳もとにいまもあざやかである。

二

今にして思うと、戦前の日本の女は、なんと忙しかったことか。ガス・水道・電気などという文明の利器に恵まれた、大都会の住民ですらそうなのだから、地方に住む女たちは、怱忙《そうぼう》のうちの一生であったろう。

たとえば冬支度。昭和十年代といえばほとんど洋服であるけれど、主婦や、年輩の婦人たちは恒常的に着物だった。私たち子供も、風呂上りには着物を普段に着せられた。一季《ひと》節過ぎるたび、それらはほどかれ、洗われ、伸子張《しんしば》り、または板貼《いたば》りされて、夜なべ仕事に縫われる。蒲団も綿は打ち直しにやり、布は洗われて、お天気のよい日に綿入れされる。女たちはあたまに日本手拭いを頂き、綿埃《わたぼこり》がつかぬようにして、二人がかりで蒲団を引っぱって綿をおさめ、色美しい綴《と》じ糸で綴じつけてゆく。時には、

「もう、これはお蒲団にしたらどないだす」

といい合って、派手な柄の長襦袢《ながジュバン》が、「ええとこ取り」されて蒲団に仕立て直される。絹にしろ木綿にしろ、きものは、いついつまでも放下《ほか》すとこはあらへんのや、というのが祖母の口癖であった。木綿ものはすりきれると、「ええとこ取り」して座蒲団や敷物（火鉢などの）になる。絹物は蒲団に鏡台掛け、のれんに細工ものに（女たちはくくり猿やお手玉など、いとも

やすやすと、そしていつも何やかやと作り出した）と、きりもなく活用される。一寸でも余ると、「市松人形《いちまさん》」の着物や帯になった。私は祖母や母に、人形の着物や蒲団をたくさん作ってもらった。

さて、そんな風に仕立てられた美しく清らかな蒲団は、いかにもふっくらと暖かそうで、来るべき厳寒の冬にそなえてゆたかな安心感をもたらし、

「ほら、暖《ぬく》いおふとん、でけましたデ」

という祖母の言葉に、子供ながらしみじみした幸福をおぼえたものであった。そんなに女たちが心こめて丹精する蒲団であるから、その蒲団の上を踏んだりすることは重罪であった。端っことといえども踏んではならない。狭い部屋いっぱいに敷かれた蒲団を、男たちも慎重に避け、注意ぶかく通ってゆく。蒲団製作中の部屋へうっかり入った男たちが、

「あ、あ、あ……」

といいつつ、たたらを踏んで、ちょっとでも蒲団に足が触れると、たちまち、

「これっ」

と祖母の一尺ざしで払われるのであった。

蒲団づくりが終ると、綿入れ着物、でんち（半纏《はんてん》）やお対《つい》の元禄袖《げんろくそで》なども、仕立てられる。

曽祖母は尼さんのように頭を剃《そ》り、ちりめんの茶色の頭巾《ずきん》をかぶっていたが、これも綺麗に仕

立て直される。そうして春には春支度、夏には……と女たちの仕事は永遠に終るときはない。

雨降りのあとは下駄の泥を洗い、よく拭《ふ》いて傘とともに路地に干す。この下駄は、夏は殊に手入れされねばならない。塗下駄もさりながら、柾目《まさめ》の入った桐《きり》下駄など上等なものであると、素足で穿いた場合、足の脂がつくので、ぎゅっと絞った雑巾で、きゅうきゅうと強く拭かねばならぬ。鼻緒の塵《ちり》を払い、風通しのよいところに、そっと立てかけて乾かしておく。

こういうことはみな、女の仕事であった。外に目立たないが、しかし女がやらねばならぬことであった。

さればこそ、祖父は外出どきに上り框《かまち》に突っ立って、

「下駄！」

と尊大に喚《わめ》き、（祖母は間髪を入れず、という調子で、物の響きに応ずるがごとく「へえ！」と答えて下駄を揃《そろ》える）下駄にも祖母にも目もくれず、つかつかと出ていくことができるのである。

きたない下駄を男の人に穿かせてはいけない、とは祖母は口に出していわなかったが、そうするもの、と私は見て育ったのである。こんなところに、男尊女卑、なんどというコトバを使いたくない。ただ私は、そうやって女にやさしく注意ぶかく扱われ、暖かい配慮を一身に浴びる男の幸福というものを、このトシになれば考えるだけである。

男に愛されない女も哀れではあるが、しかし女に「哀れ」という言葉はそぐわない。女は「哀れ」とは縁遠い種族である。そこへくると、女に愛されない男は、どこか哀れげだ——と思うのは、祖父と祖母のたたずまいを見て育ったせいであろうか。

祖母はことさらに私を躾《しつ》けるつもりではなかったろうが、日常のいましめによくいったのは、「御飯粒《ままつぼ》、粗末にしたらお目々つぶれまっせ」というのだった。ままつぶ、といえばよいのに、大阪弁の癖で、ままつぼ、という。一粒のお米の中に仏サンが三体いやはるのや、放下《ほか》す、こぼす、ちゅうような、勿体ないことしたら「お目々つぶれるんだっせ」といい、だから私はいまも、駅弁の蓋についた御飯粒から、ていねいに食べる（そのくせ、多すぎて食べ切れず、型抜きのお握りを二つ三つ、残してしまうのであるが）。

ほかの食べものはともかく、私は御飯を粗末にすることはどうしてもできないでいる。旅先なら仕方ないが、外食のときは持ち帰り用容器を携帯したいくらい、「残った御飯」には思い入れがある。

＊

お茶筒について祖母のいったことがある。お茶の缶へ、「お茶の葉ァ」をいっぱい、口まで入れたらあきまへんデ、というのであった。「七分目にしなはれ。知らんとお茶のカンカン開けたひとが、こぼしてしまうさかいに」昔のブリキの茶の缶は蓋がかたく、えいやッと開けて、なかのお茶の葉をばらまいた女たちが多かったからであろう。

唯一、祖母が私に意図して教えたのに、

「気ィのつく」

ということがある。オナゴは、気ィつく人間でないとあきまへん、というのであった。

私はこの才能に見放されていて、今も、気のつかぬこと、おびただしい。祖母にいわせると、

「煙草《タバコ》いうたらマッチ、マッチいうたら灰皿も持っていく、それが気ィつくいうのんだっせ」

とのことだが、私はいわれなければわからぬ子供であった。気がつく、ということは、子供の私には恐ろしくむつかしいことに思われた。オトナたちは「気ィつく」「気ィつかん」の仕分けに熱心で、たとえば、こちらから、女中《おなごし》サン、丁稚《ぼん》サンを、どこかよその家へ使いに出したとする、向うがお駄賃を渡すのを忘れたりすると「気ィつかんうちやな」と憫笑《びんしょう》したりする。

気が利く、というよりはもっと受身であるが、その代り、広い範囲の気くばりを要求されるらしく、かなり世故《せこ》たけていないとこれはむつかしい。

そんな祖母でも、うっかり失敗するのだからおかしい。

祖母は昔ニンゲンであるから、学校の先生、お医者さん、神職、お坊さんを敬うことはひとかたではなかった。法事にお坊さんが見えると、みずから心こめてととのえたお膳を、うやう

やしく運ぶ。そうしてお銚子《ちょうし》を捧《ささ》げ、かしこまって酒をつぐのである。

あるとき、お住持《じゅッ》さんは、面妖《めんよう》な、という風情で小首をかしげ、お相伴していた祖父にいわれた。

「私の舌が怪《け》っ体《たい》なんやろうか、これはお酢とちがいますやろか」

祖父はいそいで酒を口に含み、血相変えて、

「お栄《えい》！　お酢やないか、これは！」

とどなった。

明けても暮れても家事万端「気ィつけて」くるくる働き、祖父に心こめて「仕え」、「お寺はん」を敬って措《お》かなかった祖母の、そのときの動転ぶりを察してやって頂きたい。

お住持さんは大笑いされ、「えらいええ色のお酒や、さだめしコクがあろうと思いました」ととりなされたので、祖父も吹き出し、父と母があわてて、ほんもののお酒を供したので笑いばなしで終ったが、祖母が身を揉《も》んで自分を責めること、まるで、浄瑠璃《じょうるり》を聞くようであった。

「えッえッ、まあ、何ちゅう鈍《どん》なことを。つい手暗がりで入れ間違《まちご》うてしもうて、まあワタエとしたことが、ほんにほんに、ど拍子もないすかたんでおますわいなあ……」

今の私がそんな失敗をしたら、客より先に自分で笑ってしまうところであるが、祖母はあくまでマジメ人間であるから笑うどころではない、泣かんばかりに辛《つら》がり、申しわけないことを

した、と悔悟《かいご》の念に打ちひしがれるのであった……。茫々《ぼうぼう》五十なん年前の話である。昔の女は自然そのもので、ユーモアを解しないが、存在自体がユーモラスだった。

三

古老というものは、いろんなタブーを若者に教える存在である。気取っていえばそれが民族の伝統の根になるのだろうけれども、現代も中絶しているようにみえつつ、目にみえぬところで承《う》け継がれているのだろう。

核家族とはいっても社会の影響を受けないわけにはいかないから、おのずと民族色というものに染まっていくのであろう。

それで思い出したが、別にこれはタブーというほど大げさなものではないにしろ、祖母や曽祖母が私たち小さい子供に教えた禁忌は、いっぱいあった。夜、爪を切ると親の死に目にあえないとか、お便所を綺麗に掃除しておくと器量よしの子が生れるとか、夜に笛を吹いたり（口笛も含まれる）大声を出すと、巳《み》ィさん（蛇である）がくるとか。祖母が「巳ィさん」という時の顔つきでは、何か蛇以上の畏怖すべきもの、人のうかがい知れぬ魔界の異形のもの、を暗示しているように思われ、私たち子供はぞっとして震えあがったものであった。

後年、折口信夫の『死者の書』を読んでいたら、深夜、魂喚《たまよ》ばいする人々の声が、深山の暗闇に、こう！　こう！　と聞えるとき、地中深く葬られていた死者がしずかに目を覚ますというくだりがあって、太古の魂喚ばいの遺風《いふう》への畏《おそ》れが、いまも民族の心の奥底に眠っているのではないか、と思ったりした。私の若い叔父の一人は、「丘を越えて」を口笛で吹くのが巧《たく》みであったが、つい、夜にそれをやると、祖母に、「これっ」と制せられたものである。

——それはともかく、古老は、禁忌も教えるが、愛をも教えるのではないかと、私はこの頃思うようになった。

私の家にはガス風呂の内湯があったが、それを使うのは家族だけで、住みこみの見習技師さんたち（私のうちは写真館であった）や女中《おなごし》さんたちは、電車みちの向いの風呂屋へいった。昭和十年代の大阪では、銭湯《ふろや》へいくのが普通で、内風呂のある家のほうが珍しかった。祖母も、お風呂屋さんのほうが暖《ぬく》まるというので風呂屋ファンであった。

といっても、一家二十何人の家族の総取締りともいうべき祖母が、明るいうちから風呂屋へいけるわけではなく、すっかり一日の仕事を終え、仕舞風呂の頃になってようやく、セルロイドの湯桶に小道具をいっぱい詰めこみ、電車みちを渡って出かける。

私も、ほんのときたま、連れていかれた気がする（このことは、母と記憶がくい違っていて、母は、子供をそんなに遅い風呂に連れていって貰ったことはないように思うけれども、あるいはあったかもしれない……と、思い出があやふやである。しかし、どうも私は、祖母に手を曳《ひ》かれて電車みちを渡った気がする)。何より強い印象は、祖母と一緒に、赤ん坊を覗《のぞ》きこんだ記憶である。

波々《なみなみ》とたたえられた、ゆらぐ湯。一人の女の人が静かに腕の中に赤ん坊を抱いている。その一隅はしんとして、厳粛な気配がただようている。暴れて湯を掛けたり、湯舟の中を泳ぐ乱暴な子供も、近付けない雰囲気である。周りのオトナたちが、そういうものを寄せつけない。

そのまん中で、母親か祖母なのか、がっしりした女の人が、悲しげなほど慈愛ぶかい表情で、そっと赤ん坊を湯に沈めている。慈愛が極まると悲しみになるのではないかと子供ごころにも思われるような、女の人の表情である。じっと赤ん坊に見入り、この上なく注意ぶかい手つきで赤ん坊を湯に漬けている。

赤ん坊は拳《こぶし》を握りしめ、赤い顔で目をつむっている。私と祖母は静かに湯に入り、近付く。子供の私は、その赤ん坊が珍しくて目を離せない。

祖母は、その女の人と小声で一こと二こと話し、私にささやく。

「見なはれ、可愛《かい》らし赤児《やや》さんやこと」

それで私にははじめて、そのぐにゃぐにゃした柔かいいきもの、柔かいなりにでこぼこの顔のいきもの、腫《は》れぼったい瞼《まぶた》を閉じて、まじめくさっているいきものが、「可愛《かい》らしい」と形容されるものであることを教えられる。

「気持よさそうやこと。ご機嫌さんだすな」

と祖母がいい、私ははじめて、赤ん坊のその状態が「ご機嫌さん」であることを教えられる。

「へえ。お湯の好きな子ォで助かります」

と女の人は低く答える。

赤ん坊は笑う。目をつむったまま、表情を崩し、にっこりしている。あるいは、楽しい夢をみて微笑したとしか思えぬ顔になる。

「あれは産土《うぶ》の神サンにあやされてはるのや」

と祖母は私にささやき、湯舟の縁に手をかけた私も、小さい声で聞く。

「うぶの神サンて？」

「赤ちゃんお守《も》りしてくれはる神サンだす。みな、あないしてお守りしてもらいますのや。

——おお、可愛《かい》らしこと、なあ。——よう笑《わろ》て。ほんまに可愛《かい》らし」

子供の私には猿のような赤子を可愛《かわい》いという目で見られないのであったが、赤子をとりまく大人たちの厳粛なたたずまい、慈愛の念が、赤ん坊の神聖さを子供に教え、愛すべく庇護《ひご》すべきものとして子供に印象づけるのである。

年老いた人々が、あとからくる若い者に「愛」をも教え、伝えるというのは、こういうようなことをいう。そして、タブーは古老に教わらずとも社会で学べるけれども、愛は誰が教えるのであろうかと、いまの私は思ってしまう。

私と一緒に息をつめて、湯に漬けられる赤ん坊をのぞきこんでいた子供たちの中には、同級生の腕白の少年もいた。男の子も同じように、「愛」を伝承されていたのだった。

＊

祖母の与えてくれる「おいしいもの」の中に、漬物があった。私は今も漬物好きだが、嗜好を人に押付けるのはよくないと思いつつ、漬物の嫌いな人は、ほんとに、人生的にかなり損をしていると同情してしまう。

私のうちでは大阪の商家らしく、朝の御飯は炊かなかった。朝に暖《ぬく》い御飯をたべるのは勤め人のおうちだけだす、と祖母はいった（祖父も祖母も、商売人であること、ツトメニンでないことをプライドにしていた）。朝の味噌汁を大阪人が食べるようになったのも戦後のことである。

朝はお茶漬けときまったもので、その代り、漬物にはお金と手間を惜しまない。夏のぬか漬け、冬の白菜漬け、水菜漬け、大根の一夜漬け、季節季節のおいしい漬物がどっさり出され、祖母が、ひまさえあれば煮《た》いておく塩昆布、山椒の実、ちりめんじゃこ、煮豆、千切《せんぎり》、などの常備菜が鉢に盛られてさまざま出る。私たちは、それをいっぱい食べて登校する。昼食は、商家にとって大切なもので、昼と夜に暖かい御飯が炊かれる。昼も夜も、私のうちでは、傭《やと》い人《にん》も家族も同じ食事を摂った。

「おいしいもん食べな、働く気ィおこらへん」

というのが、祖父の口ぐせだった。祖母はまた、落語によくある丁稚《でっち》の食事——薄い水のような味噌汁に、珍しく黒豆が入っていると思ったら自分の目玉だった、という笑い話のような粗食を、つねに貶《おとし》め嗤《わら》った。

「ご大家のうちは食べもんに倹約《しまつ》しはるけど、働き人《ど》は食べもんが楽しみやよってに、おいしいもの食べさしてあげんと、機嫌よう動《いの》いてもらわれしまへん」

といっていた。さすがに晩酌は、曽祖父と祖父と父だけで、この三人にはべつに酒の肴がついた。

一月に何度か洋食の日、というのがあって、これは牛カツに、フライポテト、茹でキャベツなどがつく。二十何人のカツやポテトを揚げるのは大ごとで、女中《おなごし》さんや母や若い叔母が、かわるがわる油の前に立つ。一人で引き受けていたのでは、油まけして、胸やけがするといわれていた。

おかしいのは店の若い衆たちで、今日は洋食の日、とか、スキ焼きの日、といわれると、夕方、そのへんを「走りヤイ」（競争）して廻り、空腹にしてうんと食べようと、さまざまな工夫をこらすことで、そういう話は、いつも家中に笑い声を立てさせた。住みこみの若者たちは、どれほど白い御飯を腹一ぱいたべ、カツに舌鼓を打ったことであろう。——戦前の大阪下町一般の食事はとてもつつましいもので、現代とは、まるで違う。そんなときに、祖母は「家のもんにおいしいものを食べさせてあげて、機嫌よう動《いの》いてもらう」ことに、人生的エネルギーのありたけをつぎこんでいたかにみえる。

祖父と祖母の方針が一致したわけではあるけれど、これを、いわゆるグルメというには当らない。下町でも手に入る材料で、ようく手間ひまをかけ、寸余のものも無駄にせず上手に使っておいしく作る料理なのだった。おいしいものをたべることを、人生の生き甲斐《がい》の一つにしている婚家の人々の生き方に、勤倹力行《きんけんりっこう》、質実剛健の岡山県人たる母は、嫁にきた当初、度肝を抜かれ、

（大阪の人というのは何と口いやしい人だろう）

と軽侮《けいぶ》した、と後年、私に告白している。

四

私がなつかしむ祖母と、私の母が姑として向き合った祖母とは、まるで別人のように違う存在であろうことは、想像するに難《かた》くない。

私の母にとっては、大家内の一家で暮すことは、どんなに辛苦にみちた日常であったろう。舅《しゅうと》・姑の上にまだ老人がおり（私にとっては曽祖母にあたる）、小姑が四人（男二人、女二人である）、住み込みの若い衆何人かに女中衆《おなごし》サン二人、この中で、母は朝から夜まで腰をおろす間もなく、働きつづけなければならない。

小姑（つまり私の叔母たち）がこういうた、誰それがこういうた、と何やかや、毎日のようにあったに違いなく、それに私のうちでは曽祖母がかなり権力を握っていたせいもあって、遠縁か何か分らぬが、老女たちが取っかえ引っかえやってきて滞留し、中には数カ月、数年、掛人《かかりゅうど》として身を寄せているお婆さんもいて、家の中は「女」（または「もと女」）で溢《あふ》れていた。曽祖母のいる奥の間は、女たちのサロンであって、昼も夜も、のんきな婆さん連はそこにむれつどい、出入りの呉服屋の番頭さんも、その部屋で反物を拡げてみせるのである。

火鉢で焼かれるかき餅を食べ、台所から運ばれる甘酒が手から手へわたり、サロンはいつもにぎやかなことであった。私もその一隅で絵本などめくりながら、老女たちの噂話《うわさばなし》を聞くともなく耳に入れている。

子供の私には楽しくも面白い居場所であったが、若嫁である私の母にとっては、何ともうっとうしい、いぶせきたまり場に思えたにちがいない。婆さん連はワルクチが大好きだったから。それに、万事に手ばしこく、機敏にソツのない祖母から見ると、母の働きはまだるっこしいものに思えたかもしれない。きついことをいう姑やった、と母はいう。

祖母が死に、私の母も、祖母の死んだ齢《とし》に近づこうといういまになっては、もう、なまなましい愚痴は聞かれなくなったけれど、十なん年前までは、母は姑の仕打ちを忘れず、

「お姑《かあ》さんにこんなことをいわれた」「おばあちゃんはこういう人やった」

と私によくいった。

ノンキで開放的な母は、あれこれ持ってまわった気づかいがにが手で、それに親しみと心《こころ》安《やす》だてな感情によりかかり、ついあっけらかんとしゃべってしまう。

姑である祖母は、上方女らしく、複雑な人間関係をくまなく把握して、すみずみまで気をつかい、かくすべきこと、読むべき顔色を知りぬいているので、発言は深慮をふくみ、辛辣《しんらつ》な皮肉も真綿でくるんで、ほめつつ貶《けな》したりするテクニックに長《た》けていた。――いや、母の話を聞くと、そんなタイプの老女が、おのずと浮かぶのである。

その手の姑から見れば、オープンに何でもしゃべって笑ってしまう嫁は、心の用意の足りない、あさはかな女とみえただろう。

「よう考えて、モノ言いなはれや!」

と何度するどくたしなめられたか知れぬ、と母はいう。そういうときの姑は口吻《こうふん》もするどいが、奥眼の眼がきびしく怖く、ほんとに意地悪《いけず》にみえた、――と、昔々、母は私に語った。

そういわれれば、祖母のイメージは、たやすくそれにふさわしく塗りかえられそうである。きりきりしゃんとしてよく働き、よく気がつき、諸事手ぬかりなく遺漏《いろう》なく、二十何人の大家族を擁して、商売する男たちをたすけ、娘を嫁入りさせ、息子を分家させ……そんな家刀自《いえとじ》にふさわしいようにも思える。

しかしまた、私が知っている祖母は、まるで違うのだから面白い。

私は女学生になっていた。一年か、二年か……雨の日だった。私の通う女学校は叔母も出たところであるが、市電の停留所を下りて一キロちかく歩かなければいけない。祖母もその道をよく知っているので、雨の日に私が出かけようとすると、私のいでたちを見て、

「ちょっと待ちなはれ、おばあちゃんついていったげまひょ」

とあわただしくいった。

その日は、裁縫の時間があったので、私は教材を包んだ大きい荷物を持たなければならなかった。その上、どういう時間割だったのか、やたら重い本がたくさんあったので、傘をさすのは大ごとであった。祖母は出かける私を見て、それでは傘がさせないと判断したのであろう。

祖母と一緒に市電に乗り、停留所で下りた。あたりは登校の女学生たちのセーラー服と傘の波である。

祖母は爪革《つまかわ》をかけた高下駄をはき、私の荷物を持ってくれ、更に重い本は自分の荷のほうへ

入れて、私には、軽くなった鞄《かばん》を持たせた。足の悪い私を、祖母は不憫《ふびん》がってくれたのであろうけれど、私は小さい頃から堪えることに慣れているので、祖母の心づかいもさほど有難く思えず、それより登校の行列の女学生たちの中で、高下駄に、着物の裾をからげ、荷物を持った祖母が、声をはりあげて、

「危い、自動車が来まっせ」「ほらほら、水たまりだっせ」

などと幼児にいうように私に注意するのが羞《は》ずかしいのだった。背後から男の人が大股《おおまた》に私と祖母を追い抜いていったと思ったら、歴史の先生だった。先生は私に、

「お母さんについて来てもらったのか」

と咎《とが》めるようにいい、祖母は腰をかがめて、

「これは孫でおますけど、あんまり荷物が多うますよってに、雨も降ることやし、ワタエが送ってやろうと思いまして……」

とくどくどいいかけると、

「ごくろうさんですな」

と先生は遮り、歩みをとめないで、

「おばあちゃんに送ってもらうような甘えたことしたら、あかんぞ」

と私を叱って追い抜いていった。

そうら、こんなことになるから、いやだったんだ、と私は、ぷうとふくれた顔になったに違いない。

私は校門で祖母から荷物を受けとり、教室まで持っていってあげるという祖母を、むりやり追い返した。帰りにお友達にたのんで、荷物持ってもらいなはれ、そうか、（それとも、という意味の大阪弁である）小使いサンに電話してもろたら、誰ぞ、迎いにきたげるよってな、という祖母にも、ろくに返事もせず、礼もいわずに背を見せた。コドモにはコドモ世界のルールがあり、祖母の示唆のようにはこぶものではない、それを表現する力がないので、私は、

「うん……うん、わかってる」

とぶっきらぼうにいって、祖母を追い返したのであった。美しくもない女の子が、仏頂づらで言葉惜しみしている風情など、ほんとに可愛げなかったことであろうと、今になってみれば思われる。どうしてあのとき、祖母にひとこと、少女ながらに感謝をこめて、

「おばあちゃん、大きに。堪忍な」

といえなんだのであろう。人間はこうやって取り返しのつかぬ悔いを重ね重ね、死んでゆくのであろう。

意地悪《いけず》な姑であったのも祖母の一面なら、雨の日に「ちょっと待ちなはれ、ついていったげる」とあわただしくたすきを外し、前垂れを取って高下駄にはきかえ、学校まで送ってくれた

甘いやさしい祖母も、祖母の一面である。

私はこのごろ、こう思う。

人は、点と点のつきあいでよいのだ。

全貌くまなく捉える線のつきあいでなくともよいのだ。自分にとっての、「その人」というだけでよいのではないか。私は、私の人生で、私によくしてくれた人を何人か持ったが、その人々のイメージが、ほかの人によっては全くちがうのに面食《めんくら》ったことが何度か、ある。それも「真」なのかもしれないが、しかし私には、私の「真」というのもある。小さい一点だけの「真」でよい、それを通しての人として捉えるのがよい。だから私にとってはいい人であっても、他の人にはよからぬ人ということもあろうし、その反対の場合もあるだろう。

反対の場合もあると知りつつ、私は点の部分で、その人をいとおしみ、親しんでいくであろう。これだけのことが、六十年もたたないとわからないとは、私という人間もまことに痴愚のきわみである。

ともあれ、祖母の記憶も、ようやく私から薄れようとしている。雨の朝の学校で、「大きに」とひとこといえなかった悔いも、いまは、いたみというよりなつかしいものに変っている。

神戸

類をもってあつまるというのか、類は友を呼ぶというのか、私の相棒も、気軽な町暮らしを好むほうだったので、仕事場兼住居は、神戸の下町にあった。湊川《みなとがわ》神社をさらに西へいき、ちょっと北へあがった通りで、神戸大医学部の大病院が近くにあるのに、このへん、医院が多い。それは人口の稠密度《ちゅうみつど》がたかいことで、小家が多いのである。

家の前をずっとサガると（神戸は南の浜側へ向いてゆくことをサガるといい、北の山側へ向くのをアガるという。また、ウエ・シタとも表現する。「楠公《なんこう》さん〈楠正成《くすのきまさしげ》〉のウエに住んでます」というのは、湊川神社の二階に間借りしていることではなくて、神社の北側に家があることだ）、もとの赤線の福原《ふくはら》のメーンストリート、柳筋《やなぎすじ》である。

さらに、その近くいったいに、大きい湊川市場があって、これも闇市が定着したものだが、ここも甚《はなは》だ盛んな市場で、およそ、売ってないものはない、といわれる。誰だったか、素人芝居で使うので「キマタ」を買いにいったら、ちゃんとあった、といっていた。

私は、ほんとは神戸で住む気などなかったのだ。

大阪っ子だから、いま尼崎に住んでいてもいつかは大阪へ帰ると、漠然と信じていたのだ。人間の運命というのは、全く一寸先もわからないものである。アマ（尼崎）から大阪へ帰るどころか、かえって西へ流れて神戸へ来てしまった。結婚した当初も、私はまだ神戸に抵抗があって、尼崎に住みつづけ、別居結婚をしていたが、とうとうめんどくさくなって神戸へやってきた。別居結婚というのは仕事を持っている女には便利なのだが、男の方は手数がかかってわずらわしいらしい。打ち合せも連絡も電話でするのだが、仕事がいそがしいと電話すらかけていられない。ジーコンジーコンとダイヤルをまわす時間も待ち切れないので、ながいこと電話もせずに抛ったらかし、一週間ぐらいすぐたつのであった。

いろいろ不都合だというので、とうとう神戸で同居したが、私はまるで都落ちのような気がし、さらわれてきたお姫さまの気分でいたものだ。

神戸というと港や異人館や元町《もとまち》、ハイカラでモダンなところと想像していたのに、下町にはそんな匂いも気配もなく、祇園さんの夏祭りには男たちはチヂミのシャツにステテコで参ったりしている。向いの銭湯からパジャマ姿で出てくるオジサンもいたりして、異人館も港のエキゾチシズムも、どこの話かいなと思わせるのであった。

つまり神戸の基盤は、こういうところにあるのだ。ざっくばらんな庶民文化が根にあって、それが神戸の風通しのいい気風をつくり、異人館もモダンも、その上に咲いた花、あるいはケーキの上にのせられている、クリームやらサクランボの飾り、といったものなのだ。

神戸は新興の庶民都市なのである。そのぶん、キメあらく、豪快なところがあり、フロンティア精神に富んでいる。うわべだけのハイカラ都市ではないのだ。


神戸でハイカラに優雅に暮らす、という夢は破れたが、しかし私が拉致《らっち》されてきた下町は、充分面白くて、わりあい順応力のある私は、たちまち馴染むことができた。

新開地・湊川というあたりは、神戸庶民文化の一大拠点である。そのころは、神戸の新開地というと、大阪から来る人などは怖気《おぞけ》をふるい、

「そんな怖いトコで飲めまへん」

といったりしていた。昭和四十年代のはじめで、赤線が閉鎖されて七、八年、福原はさびれ、新開地もそれに心中立てして火が消えたようになっており、暴力団がはびこって暗いイメージであったから、そういわれるのもむりはなかった。地元の人は、「怖いことなんかちっともない」と力説していたが。

私が住むようになった前後の時期から、すこしずつ景気がよくなり、にぎやかになってきて、三宮《さんのみや》や元町に吸い取られる客をよび戻そうと、振興策がいろいろ講じられていた。いま湊川

はショッピングデパートができて、センスのいい商店街がつづき、若い女の子の買物客があふれて見ちがえるようになっているが、しかし気楽な町の雰囲気はそのままである。

そのころはまだ、寄席の神戸松竹座も、映画の聚楽館《しゅうらくかん》もあった。戦前の黄金時代の新開地は軒なみ映画館や食べもの屋があり、イルミネーションが輝き、一年中、人波打ってごったがえしていたということであるが、私が来たころは聚楽館だけである。すでに聚楽館も斜陽で何となく電気が暗い感じだったが、私には新開地の通りは物なつかしくて好ましかった。

新開地は市電通りを挟んでウエとシタに分れているが、シタのほうが庶民的体臭は強いようで、通りをずんずんさがってガスビルの近くまでいくと、オシッコ臭くなり、町は暗く、男たちが三々五々たむろしていて、なにさま、不気味なときがあった。そういう町を、むろん私は一人で歩いたわけではないのであって、相棒が連れ歩いてくれるのである。家から歩いていけるが、タクシーでも五分ぐらいなので、夜はちょいちょい、

「新開地で飲もか」

ということになった。新開地で飲んでるのは男ばかりであった。女がはいれないようにできていた（だからさびれたのだ、ということもできる。これから将来はますますそうなると思う。女がひとりで飲みたくなるときが多くなってくる——それは、女が仕事を持つ持たぬにかぎらず、女のストレスが増大したためである。現代の商売でいちばん大きな穴場は、女たちの需要

や欲求に応ずることなのに、そこに気がつく人はあんがい少ない。利にさとい賢い男たちもたくさんいるはずなのに、出おくれているのは、彼らは女性パワーの方向に鈍感で、女性問題を研究していないからである)。

　ことのついでに、金もうけがしたくて、ノドから手が出るほど金がほしいという人のために、示唆しておくと、これからの金もうけは女性をよろこばせないと成立しないいんじゃないか。目はしの利く、というだけではやっていけない。女の心理なり生態なり欲求なりに深く通じていないと、あたらしい商売を思いついて、あてる、なんてことはできない。

　これはニッポン男児にはとてもむつかしい。

　伝統的にニッポン男児は、女性への理解力が乏しい。女を女として見ない。女は二種類しかないと思っている男が多い。

　つまり、母親か、しからずんば、単なる性的対象である。

　妻という存在があることすら思いも及ばずに、一生をすごして死んでゆく男が多い。

　これは妻を、母親代用にしているのである。

　この傾向はよくなるどころか、ますます現代の若い男性は「アマエタ」になって、お袋にかわいがられて育ち、かゆい所に手がとどくように世話されて、長じて結婚するときも妻にそれを求める。図体の大きい「アマエタ」で、妻とお袋はちがうのだという最低の女性認識さえできない。無視された妻は腹いせに息子をかわいがり、かくて、果しもなく悪循環はつづく。

このニッポンにあるのは、男と女のオトナの世界ではなく、お袋と息子の親子の世界がすべての心情を支配している。いやらしい国である。

男と女が対立し、いがみ合い、仲直りし、理解し合うという、オトナの基盤がないと、真の自由も幸福もない。性の本当の喜びも解放もありはしない。

女は無視され、バカにされつづけてきたから、じーっと男を観察する余裕があったが、男は男同士たたかうものと思いこんで、女に対する防禦《ぼうぎょ》を怠っていた。いま、その報復がじわじわと男たちに加えられつつあるのであって、中年男の正義の味方を標榜《ひょうぼう》する私としては、まことにお気の毒に堪えないのであるが、これは長年、蓄積されたシワヨセが、たまりたまったツケとなってまわってきたのであるから、こんな時代に生まれ合せた身の不運を呪《のろ》うほか、ない。

女性のめざめ、復権は世界的規模の波となってニッポンをも洗っているのであるから、今後、この傾向はもう、あともどりすることは決してない。

会社でライバルと丁々発止《ちょうちょうはっし》とやり合って、クタクタに疲労困憊《こんぱい》して家へ帰ると、妻は妻で「アナタ、こんな結婚生活、無意味だと思わない？　別れましょうよ」などと切り出すし、進退きわまるという男たちがふえるのではないかと思う、そういうとき男性女性を問わず、妻がワルイ、と評論なさる向きが多いが、これからはそれではやっていけない。妻は妻でせっぱつまっているのだから、どなりたいのをこらえ、じっくりと話し合って和解の接点をみつけるか、ご破算にするか、真剣に「妻という女」と対決しないといけない。それだけのエネルギーを「女」にそそげるようでないと、とてものことに女あいての商売なんか開発できない。

なんで女性評論に話が及んだかというと、これからの盛り場、それから町自体、活気を呼ぼうとすると、女性パワーを無視してはありえないと思うからである。それも女の行動半径が拡がっているので、いままでのようにファッション方面だけでは追っつかない。働く女の子がふえたので、女だけのパブであるとか、女の子もふらりと入って飲めるスタンドとか、コップ酒におでんという大衆酒場がなくてはいけない。男に連れられてくる女だけではなく、これからは女同士でもくるし、女の上司が男の部下を連れてくるということもある。

女が働いているとストレスもたまるから、一人で小料理屋で飲み、ついでにお茶漬けなど食べて帰りたいときもあろうし、元気のいいときなら、常連の顔見知りの客がいる馴染みのスナックで、歌を歌ったり乾盃したり、したい夜もあるだろう。

つまり、男たちとそっくり同じことを女がやるようになっている。

結婚なんて、いまの時代状況ではほんとうに女が幸せになれるかどうか、大きい疑問だし、子供などというものは、はたしてつくっていいかわるいか、となると、これまた悲観的である。

私は日本の社会のいろんな不都合は、かなりの部分、人口問題に負うところが大きいと思うので、やたら子供を生むのに不賛成なのだが、いまはそう考える若い女の子もふえている。そうして自分一個の人生を、女としての性を充実して生きるだけでなく、「普通の人々」として、生きたいと思う女たちが多い。家庭の中にとじこめられていては、妻と母の部分しか充実されない。

「それでええやないか、どこが不足やねん」

とのたまう男性方は多いであろうが、そして女の側にもかなりの数、そういう人が多いであろうが、それはちょうど先進国が発展途上国に向って、

「なんでむやみに工業立国を推進しますねん。のんびり牛飼《こ》うたり畑をたがやして、貧しくても心ゆたかにたのしく暮らす、いまの生活がよろしやおまへんか」

というのと同じである。めざめた発展途上国は自分のおかれている位置を思うと、のんびりしていられないのである。

ともかく、うごき出した女たちに対して、社会は後手後手とまわっている。いま、婦人雑誌にどんな特集があるか知っていますか？

「女が一人で入れる飲み屋、ここなら安心」などというガイドがあるほどである。女がたのしめる機会や場所を研究提供したら、もっといろいろ新商売はできるはず、町が発展するはず、

ただし、ホストクラブなどは、私はダメだと思っている。あれはケチな男性的発想の産物であるから、働く女たちをひきつける、いきいきした魅力に乏しい。

それでいえば、神戸というまちはこののちともいよいよユニークな発展をするのではないかと思うのは、神戸には働く女が気炎をあげたり楽しんだりするところが多いのだ。あれはふしぎである。新興都市の血の熱さだろうか。


現今の神戸はポートピアで躁《そう》状態であるから猫も杓子《しやくし》も浮かれているが、だいたいこの町では女性的発想が多くて、女の発言権が強いように思う。そのへんが大阪の古さとはちがうし、京都の因襲の強さともちがう。

遊び好きパーティー好き、新しもの好き、好奇心満々、とくれば、これこそ女性の本来の体質にぴったり一致しているではないか。神戸はファッション都市宣言をしていて、いまに日本どころか世界のモードは神戸がリードするという壮大な夢をもっている。

また人口一人当りの喫茶店数は日本一、という統計があるそうであるが、おしゃべりして一服するのが好き、という、これまたオンナオンナした町であり、いかにも女たちの喝采を博しそうな色合にみちている。新井満さんは「日本のウエストコーストや」といわれたが、閉塞状況の日本の中で、神戸だけはフタがとんでしまい、底が抜けたような解放感を与えらえる。それは、女がノビノビと生きられそうなイメージがあるからである。神戸はこれからいよいよ発展しそうだと思う所以《ゆえん》である。

私は大阪も、ぜひそういう町になってほしいと思う。大阪というと、「ヤッタルデー」というような逞《たくま》しい商魂しか連想されないのは、これはまことに遺憾千万である。これからの町は、その名をいっただけで、女の子の血がさわぐような、女がイキイキと生きられる、女がたのしめる、女が気炎をあげられる、女心をそそる町でなくてはいけない。そして青年たちが集まってくる。つまり、女・子供に魅力のあるサムシングがないと、ダメではなかろうか。

しかしこの頃は、大阪にもその胎動が感じられて私は嬉しく思っている。とにかく女たちが、

「なんぞ、やろやないの、ヨソに負けんと——」

といい出しはじめたとき、世の中の文化はあたらしく興《おこ》るのである。女性パワーの動向が景気の盛衰を左右するのではないかと思っている。

それでいうと、昭和四十年代のはじめの新開地は全く女の姿を見なかった。遊廓《ゆうかく》という人肉市場はなくなったものの、どことなく陰惨なまぐさい風が吹く感じの福原から下りてゆくと聚楽館とその近辺、あるいは市電筋を向いへ渡った入口のへんだけが灯が明るくて、男たちだけが所在なげにうろついていた。パチンコ屋だけがはやっていた。安い小料理屋の店があって、安いだけにまずかったが、湯豆腐だけはいけたから、そこではよく湯豆腐で熱燗を飲んだ。イ

ロイロ食べても千円まででであがった。

東京から雑誌の編集者が来て、私が外の店で飲んでる写真をとるというので、そこへ案内したら、彼らはあまり箸をつけなかった。神戸というから、コーベビーフとか、結構な中国料理があるかと期待したのに、めし大盛り五十円、サンマ、大根だき、ゲソとワケギのぬた、一皿百五十円、などという安直な大衆店でビックリしたのだろう。気の毒なことをした。湯豆腐はたしか百円であった。


その安直なる一品料理屋は、かなり大きかったが、いつも客が満員であった。しかしほとんど男ばかり、それは、また相棒とともによくいった聚楽館向いのおでん屋でもそうで、まれに女性客がいると思ったらオカマであったりした。このおでん屋はたいそう美味しくて私は大好きで、

「今夜、おでんを食いにいこう！」

と夫がいうと、夕食を用意してあっても、私はあいよ、と嬉しがって応じたものだ。

おでんは一串五十円から、いちばん高いロールキャベツでも百三十円であった。男がひとりで、ふらりと入って来て、二串、三串のおでんで、一本の二級酒をゆっくり飲み、目をつぶって味わい、最後の一滴までしずくを切り、五百円で釣りをもらって、満足して、また寒風吹き

すさぶ夜の町へ出てゆく、私は実にそれを見て感じ入り、（ええなあ、これが文化都市いうもんや）と思った。

このおでん屋は私の嗜好に適《かな》い、私は〝浜辺先生もどき〟やら「書き屋一代」という短篇を書いた。カウンターの中の、銅の大鍋になみなみとおつゆが張られてあって、ぎっしりと浮んでいる大根や棒天や厚揚げ、卵、ひろうず、などは見るからに食欲をそそり、熱燗がずらりと漬けられていて、「お酒！」と呼ばれると、「あいよ！」とすぐ、湯から引っこぬかれる。その手際の早さも実にいい。

高級料亭で、ウックシイお姐《ねえ》さんたちに、おそるおそるお酒をたのみ、長い長い廊下を伝って持ってこられる、それにもそれなりのよさはあるが、私は「ねぎまとこんにゃく！」などと叫び、「お酒一本！」というとただちに目にもとまらず目の前へ供せられる、そして女の子が伝票に「正」の字を書いてゆく、あの直截的《ちょくせつてき》なお手軽さが何とも好ましい。

ただ、つくづく思ったのは、客が男たちばかり、という異常さだった。

いまにきっと、こういう店へ働く女たちがやってきて、男・女いりまじって飲み食いするようになるだろうと私は思った。このへんは庶民的な町だから、客たちも突っかけをはいたジャンパーのあんちゃんや、店員、工員さんらしいの、平社員、古手の役人、商店の大将といった人々であった。松竹座に出ている芸人たちも合間に来たので、私は、漫才作家を主人公にした

「書き屋一代」を書いた。

相棒の夫は、私が、神戸に住んでいるのだから、いっぺんは「アラカワ」などという一流のステーキ屋へいってみようと提案すると、なま返事でしぶるくせに、「高田屋」のおでんを食べようというと、どんぐり目をらんらんと光らせ、「よしいこう！」と叫ぶのである。

そして私も、いつか新開地に骨がらみ魅せられるようになってしまった。

「高田屋」のちょっと東に、串カツの屋台があった。寒いときに吹きさらしの屋台で、揚げたての串をくわえ、コップの熱燗を飲むのも快適であった。ここの串はとびきり美味しかった。シッカリ者の大将が熟練したさまで、次から次へと串を揚げる。そいつをそなえつけのソースにどぼっと漬けて食べる。おなかいっぱい食べて飲んで七、八百円。「げに楽しみは貧賤《ひんせん》のなかにありとかや」

新開地に接する湊川商店街と、それにつづく湊川市場は、私が神戸にいたころ、よく通った。大家族だったので、毎日の買物はたいへんであった。神戸に住んだ十年ばかりのあいだ、はじめの数年は毎日いっていた。のちに家政婦さんが来たので任せたが、それでも週に二、三度はやはり湊川市場へ通わねばならなかった。

子供たちの食事と、私たちの食べるものはちがうので、毎日献立を考え、牛肉何百グラム、玉葱何コ、という風にこまかく書かないと、家政婦さんは買物をしてくれないのである。

いまの時節は何がシュンなのか、自分で市場へいかないとわからない。週に二度か三度はやはり通うことになってしまう。家から四、五百メートルあるくともう市場で、カスバのごとくまがりくねった上に、神戸特有の坂道や勾配があり、複雑巨大な市場である。およそ売ってないものはほとんどない、ということは前にも書いた。

ここの市場で私が愛用したのに、「ねまき屋」のねまきがある。これも靴屋の「ハイテヤ」と相伯仲する、上出来の店名である。ねまきを売るから「ねまき屋」、物ごとはすべてこう単純であればいいと思う。

長田弘さんの物語エッセー「サラダの日々」には、ふしぎな骨董《こっとう》屋「何やか屋」というのがでてくるが、店名、というのは実に、店主の哲学を物語る。

ここのねまきを教えてくれたのは、夫の妹、つまり小姑であった。

「ネエチャンは、ここで皆のねまきを買《こ》うてました。丈夫で親切な品物や、いうてはったわ」

ネエチャン、というのは彼女の義姉で、夫の先妻のことである。この死んだ先妻は小説書きで、私が芥川賞をもらったとき、直木賞の候補になった（その半年あと急死した）。私も二、三べん会ったことがあり、昭和三十年代はまだ、阪神間に女の物書きが少なく、いい話相手ができたとよろこんでいたところであった。マサカ、彼女の亭主と三年のちに結婚するようにな

ろうとは夢にも思わない。與謝野晶子の歌に、

「をかしかり此《これ》より君をさそひしと万人の云《い》ふさかしまごとも」（『佐保姫』）

というのがあるが、晶子は自分の方から鉄幹を誘ったのではないと、おかしがっている。私のときもよく、「子供を抱えて困っているヤモメ男に同情して」と見てきたようなことをいう人があったが、私はもうそのとき芥川賞をもらっていたので忙しくなり出して、ヒトの亭主だった男に関心なんか、持ってられなかったのである。ところが南方海上諸島うまれの男ときたら、ロマメで根気のいいこと、陽気で押しの強いこと、おどろくばかりである。「アンタはワシといると、一生おもしろおかしく暮らせるでェ」の一点ばりでズンズン押しまくられて寄り切られてしまった。

——なんの話や。

「ねまき屋」を小姑に教えられて、私はさっそく買いにいった。特別に縫製していて、丈夫で親切な仕上がり、ほんとにヨソにはない良心的なねまきであった。

ねまきだけではない、料理も、

「ネエチャンは、こんな酒の肴をつくってました」

と小姑は教え、それは古漬けの高菜を炒めて唐がらしをちょっとふってピリリとさせるとい

うもの、やってみるとなるほど、ちょっといける味であった。

「ネエチャンはここでお漬物、買うてました」

と小姑は湊川市場へ私を連れていって指示し、なるほどそこのは、産地直送というのか、田舎漬け一本槍で、年がら年中、それだけ、たしかにヨソより美味しくて安い、さすが十年あまりの主婦のチエはちがうと私は感心して、暗示によわい私は、教えられたところへいつも買物に出かけた。

この市場は「明石の昼網」と札をたてて、尼崎よりも新鮮な魚が並ぶ。イワシやアジ、サバといったものから、タイ、サヨリ、キス、魚だけは、日によってちがうから、私が出かけていって見なければいけない。エビなんか跳ねて跳ねて、どうしても計量できなかったりする。サザエをいっぱい買いこみ（何しろ子供の数が多い）、ガスで焼くのだが、焼けるのをまちかねて兄弟ゲンカがはじまり、喧騒《けんそう》なることといわんかたなし、私は新しいイワシのワタを指でとって開き、山盛りのフライにしたり、生姜でたいて、あとのお汁でおからをたいたりして、主婦業を面白がっていた。

はじめて週刊誌に連載したのもこのころで、それは「猫も杓子も」だったのだが、昭和四十年代後半には、新聞連載がいっとき二つも重なり（「すべってころんで」と「求婚旅行」だった）、それでも毎日の主婦業をこなし、四人の子供に食事は与えていたのだから、人間の四十代というものは底力のあるものだ。人間がいちばん力を出せるのは、三十代後半から四十代いっぱいではないかと思うのだが、しかしその反面、力を出しきって「ぶつん」と切れるのも、その年代であるようである。

ただそのころの私に、尽きることなく力を与えてくれたのは、住む町の猥雑なエネルギーと、それに、神戸のもっているもうひとつの顔、ロマンチックなムードだったのではなかろうか。若い女の子むけのファッション誌にも、まだ「神戸」がとりあげられることが少ないころだった。私はもともと、ロマンチックが大好きなので、港や六甲山や須磨《すま》の風趣を好んで、「窓を開けますか?」や「夜あけのさよなら」という女の子むきの小説も書いた。書く舞台も素材も、神戸にはいくらもあった。

生きていることがそのまま小説になりそうだったのは、昭和四十年代の神戸だった。神戸から中央は遠かったころで、神戸独特の気分が、もうそのころからつくられていて、この町は独特の、ゆったりした感じがあった。

陳舜臣さんが「ここ（神戸）にいてたら、あんまり居心地ようて仕事する気にならへんようになってしまう」といわれたのを聞いたのもそのころである。陳さんは神戸のお育ちだから免疫性がおありになるのだが、ヨソの町から来て住みつくと、あまりの居心地よさに骨ぬきになってしまう。画家の岡田嘉夫氏はそれで逃げ出して東京へいかれた。

これで神戸の項は終ろうと思っていたが、せっかくのところ、神戸のロマンチックな部分を落しては、神戸の町自体への敬意を欠くと思われるので、そのへんを紹介しておきたい。

いまはもう、異人館通りなど、日曜も週日も問わず大混雑であるが、ブームになる前は北野町界隈、しずかないい住宅街であった。

私は結婚生活のはじめ、諏訪山《すわやま》の異人館に住んでいた。夫は異人館で私を釣ったといってもよい。大家族の中へいっぺんに抛りこんだらビックリしよるやろ、だんだんにならして、という意図があったのかもしれない。

諏訪山は神戸の真上で、私の家の庭から中突堤が目の下にみえ、夜は沖縄ゆきの船が灯をつけて出ていった。大きい洋館で、古風なヨロイ扉のある窓は海に向って開かれ、背山にくる小鳥たちは庭に群れた。

晴れた日は淡路島《あわじしま》も見え、海も空も手いっぱいにあふれて人生になだれこんでくる感じ、こういう美しいながめはむしろもう、人を頽廃《たいはい》させる。私はこんな異人館に住んでいると、生きる張りを失《な》くして、毎日、呆然としてしまった。こういう幸福は、働きざかりの人間が味わうものではなかった。人生を退役した人が享受すべき幸福だ、としみじみ思った。

そこに住みつかなかったのは、しかし、その美しさのせいではなくて、実生活では不便だからである。それだけの眺望をほしいままにするのだから、物すごい坂道を登らなければならなかった。石段なので車も上れない。

いまの神戸の観光名所になっている異人館のほとんどは坂の上にあり、車が門前に止《と》《ま》る家は少ない。「うろこの家」なんか、私にはとても住めそうにない石段のてっぺんにある。夫が買ってくれたその諏訪山の異人館もそうであった。

それから、異人館は天井が高いので、冬の寒さはたいへんなものである。少々の暖房では追いつかない。一階も二階も広くて、全部のヨロイ扉を開けてるだけで一時間ぐらい掛ってしまうという家で、外から見るとツタのからまる美しい洋館だが、実際に暮らすには大変であった。

しかし私は海の見える洋館が好きで、その情趣をたのしんだあまり、たくさん、女の子むきのロマンチック小説が書けた。私はいまも思うのだが、洋館のロマンスというのは遠くにあって想うもの、そして悲しくうたうもの、なのである。

神戸は山と海のあいだがせまいので、坂の上に住まねばならぬ必然的な宿命を負うが、それが独特の雰囲気をかたちづくる。私は生活の便利さの方をとって、下町に住み、気苦労の多い大家族の中に暮らして、海の見える洋館のムードを恋しがりながら、せっせとラブロマンスを書いていた。もし私があのまま異人館に住んでいたら、もうペンを折っていたにちがいない。小説を書くより、自分自身が主人公になってしまったように、ムードに酩酊《めいてい》してしまう。それを誘うものが神戸にはある。神戸を観光にくるお嬢さんたちを見ていると、ロマンに積極参加する弾みが感じられ、京都や奈良の観光とはまたちがう雰囲気がある。

献立メモと買物の記録

（昭和四十九年六～八月）

＊使用済み原稿用紙の裏に、簡単な献立と買物リストが記録されている。この年、著者は四十六歳で連載を抱えながら十冊の単行本と二冊の文庫を刊行、「神戸に住んだ十年ばかりのあいだ」（一〇九頁参照）にあたる。筆跡が二種類あり、著者と買物を任せていた「家政婦さん」によるものか。末尾の数字は金額を示す。

六月一日（土）

子ども　とりすき
おとな　———
あすのよる　ハンバーグ

……………………

とり肉　300グラム　360
ねぎ　120
糸こんにゃく　100
やきどうふ一丁　70
ふ　60
牛ひき肉　400グラム　800
トマト　120
サラダ菜　40
きゅうり　60
アスパラガスの缶づめ　320
パン　120
玉子　210
ゴミふくろ　440
つけもの　70

六月三日（月）

子ども　フランクフルト、じゃがいも
おとな　牛じゃが
あすのひる　さけ

……………………

フランク　六本　390

こんにゃく　一丁　70
じゃがいも　2　200
牛肉　300グラム　690
さけ三きれ　390
玉子　210
パン　120
ピーナツ（うす皮つき）　100
肉缶（弁当用）　135

六月四日（火）

子ども　オムレツ
おとな　玉子どうふ
あすのひる　さけ

……………………

牛ひき肉　200グラム　400
玉子どうふ二つ　200
いわしのかんづめ　180
ちりめんじゃこ（白くてやわらかいもの）　130

キャベツ　45
玉子　210
玉ねぎ　80

六月五日（水）

子ども　てんぷらうどん、きゅうりとたこの酢のもの
おとな　いかさしみ、うなぎ、きゅうりとたこ、かまぼこ
あすのひる　ハムエッグ

……………………

てんぷら　三つ　270
うどん　三つ　120
きゅうり　140
たこ少々（五人分）　320
いかのさしみ　400
うなぎ　一本　580
かまぼこ　一枚　200

ハム　200グラム　200
玉子　210
パン　120
つけもの　70

六月六日（木）

子ども　そらまめ、あんぺい、コロッケ
おとな
あすのひる　やきそば

そらまめ　三ばい　240
あんぺい　三こ　180
コロッケ　六こ　135
中華そば玉　三つ　120
ぶた肉　200グラム　260
もやし　30
角さとう　158
パン　120

ラッキョウ　1100
さとう　174
たかのつめ　20

六月七日（金）

子ども
おとな　}とりすき
あゆ、かまぼこ、わかめの酢のもの
あすのひる　スパゲティいため

とり肉　500グラム　600
青ねぎ　60
やきどうふ　一丁　70
ふ　60
糸こんにゃく　100
あゆ　二尾　300
ちりめんじゃこ　130
かまぼこ　一枚　200

パン　120
スープ　504
サランラップ　170
ベイコン　280
スパゲチ　88

六月八日（土）

子ども　マカロニサラダ、ウインナーいため
おとな　そらまめ、もやしいため、たこ、コロッケ
あすのひる　カレーうどん

ウインナー（白）200グラム　280
トマト　80
キュウリ　35
そらまめ　300
もやし　30
ピーマン　60
ぶた肉　150グラム　195
たこ　180
コロッケ　四つ　120
インスタントカレー　450
うどん玉　四つ　160
めざし　200
のり　230
パン　120
マカロニ　88
マヨネーズ　180
マメ　144

六月十日（月）

子ども　とんかつ、キャベツ、トマト
おとな　やきぶた、とろのさしみ、おばけ
あすのひる　うどん（きつね）

とんかつ肉　3枚　360

トマト　120
やきぶた　200グラム　360
とろのさしみ　420
おばけ　一袋　100
うすあげ　少々　50
肉缶（弁当用）　135
クリプ〔クリープか〕　315
玉子　210
パン　120
キャベツ　25
くだもの　220

六月十一日（火）

子ども　あゆ、おでん
おとな　〃　〃　そらまめ
あすのひる　さけ

すじ肉　140

厚あげ　125
丸天　70
ちくわ　70
こぶ巻　70
こんにゃく　70
そらまめ　300
さけ　三きれ　390
ウインナー　200グラム　280
じゃがいも　100
だいこん　95
パン　120
ラメン〔ラーメンか〕　180
バタ　348
玉子　210
ぬか　220
のり　80

六月十二日（水）

子ども
おとな } 半月弁当
　　└たこ
あすのひる　てんぷらうどん

ウインナー　200グラム　280
やきとり　五本　150
梅かまぼこ　360
卵　210
てんぷら　三つ　270
うどん玉　三つ　120
たこ　少々　180
やきぶた　200グラム　360
きぬさや　50
パン　120
ゴミぶくろ　220
くだもの　240
きゅうり　70

六月十三日（木）

子ども　れいめん
おとな　――
あすのひる　やきそば

れいめんのソース　120
ハム　200グラム　200
中華そば玉　三つ　120
ぶた肉　150グラム　195
もやし　30
花かつを　150
玉子　210
しめそば　150
く□ぷ〔判読不能〕　240
のり　230
いちご　288

六月十四日（金）

子ども　そうめん、やきぶた
おとな　やきぶた、うなぎ、かまぼこ、冷やっこ

あすのひる　そうめん

やきぶた　15マイ　720
うなぎ　680
かまぼこ　200
きぬこし　一丁　70
青ねぎ　30
パン　120
サランラップ　170
バタ　164
めんつゆ　135
かコセッケン　5コ　180
アジシヲ　98

六月十五日（土）

子ども ┐
おとな ┘ とんかつ、マカロニサラダ
　　└あゆ、なすと丸天の煮あわせ

あすのひる　――

とんかつ肉　五枚　600
あゆ　四尾　720
ひらめ　1600
なす
丸天　100
きゅうり　90
トマト　130
ハム　200グラム　200
ウインナー　200グラム　280
玉子どうふ　二丁　200
玉子　210

パン　120
キャベツ　60
だいこん　100
山菜　160

六月十七日（月）

子ども　てんぷら
おとな　牛肉、あんぺい、厚あげ
あすのひる　てんぷら

グリンピース　288
牛肉　200グラム　460
あんぺい　二つ　90
あつあげ　四枚　120
レモン　100
いか少々　300
なす　80
みつば　2は　50

れんこん　250
さつまいも　200
きゅうり　60
パン　120
玉子　210

六月十八日（火）

子ども　チキンライス
おとな　はものゆびき、とりのあし、あゆ、やきなすび
あすのひる　スパゲティミートソース

とり肉　200グラム　220
とりの足　一本　260
はものゆびき　200
あゆ　二尾　280
なすび　100
牛ひき肉　200グラム　400

くだもの　300
ケチャップ　198
スパゲチ　88

六月十九日（水）

子ども　そうめん、たことき ゅうり
おとな　レバー、なっとう、たことき ゅうり、
　いかさし
あすのひる　カレーうどん

うどん玉　三つ　120
たこ　少々　350
レバー　200グラム　300
なっとう　一ふくろ　65
きゅうり　160
いかのさしみ　460
玉子　210
くだもの　300

にんじん　25

六月二十日（木）

子ども　やきとり、きぬこし
おとな　――
あすのひる　ベーコンエッグ

やきとり　十五本　450
きぬこし　二丁　140
ベーコン　200グラム　280
とりのささみ　200グラム　240
玉子　210
くだもの　300
パン　120

六月二十一日（金）

子ども　あじのフライ、キャベツ
おとな　〃　はものゆびき、きぬこ

し

あすのひる　そうめん

あじ（五人分）フライ用　700
はものゆびき　250
きぬこし　一丁　70
レモン　100
トマト　100
アスパラガスの缶づめ　228
玉子　210
キャベツ　60
天つゆ　165
だいこん　90
お茶　300

六月二十二日（土）

子ども　オムレツ
おとな　うなぎ、あゆ、なすと丸天たきこみ、

かまぼこ

あすのひる　ベーコンいため

牛ひき肉　200グラム　400
うなぎ　一つ　590
あゆ　二ひき　400
なす　80
丸天　50
かまぼこ　200
ベーコン　200グラム　280
やきぶた　300グラム　540
レモン　200
コーヒ　575
マカロニ　88
玉子　200

六月二十四日（月）

子ども　みそ汁、きぬこし、たこのさしみ

おとな　たこときゅうり、牛肉、あつあげ、なっとう
あすのひる　そうめん

うすあげ　少々　30
厚あげ　四枚　120
きぬこし　二丁　140
たこのさしみ　500
牛肉（あみやき用）200グラム　600
なっとう　一包み　65
パン　120
玉子　200
きゅうり　50
レモン　100
むぎ茶　100
のり　230
バタ
ボンカレ〔カレーか〕　270

六月二十五日（火）

子ども　ハンバーグ、キャベツ
おとな　ぶた肉いためめ、枝豆、オクラ、みそでんがく
あすのひる　さけ

枝豆　130
オクラ　100
うなぎ　570
牛ひき肉　300グラム　400
玉ねぎ　100
さけ　三きれ　390
やきどうふ　一丁　70
玉子　200
パン　120
レモン　100
だいこん　85

はものかは　200

六月二十八日（金）

子ども　とんかつ、キャベツ
おとな　〃　まぐろのさしみ、やきなすび
あすのひる　ハムエッグ

とんかつ肉　五枚
まぐろのさしみ　560
なすび　60
ハム　200グラム　200
卵　200
パン　120
のり　230
レモン　100
キャベツ　60
ボンカレ　270

ラメン　180

六月二十九日（土）

子ども　厚あげ、いかのさしみ
おとな　レバー、きぬこし、うなぎ、じゃが芋
あすのよる　ハンバーグ煮、サラダ

厚あげ　六枚　180
いかのさしみ　480
牛レバー　200グラム　260
牛ひき肉　500グラム　1000
トマト　100
キューリ　90
アスパラガスの缶づめ　308
きぬこし　一丁　70
うなぎ　520
じゃが芋　100
パン　120

玉子　200
レモン　100
ぬか　40

七月一日（月）

子ども　スパゲティミートソース
おとな　あゆ、なすでんがく、コロッケ、枝まめ、やきぶた
あすのひる　れいめん

牛ひき肉、200グラム　400
あゆ　二ひき　360
コロッケ　四つ　120
枝まめ　130
やきぶた　300グラム　540
なすび　70
ハム　200グラム　200
きゅうり　80

バタ　164
玉子　200
サランラップ　148
カトリセンコウ　290
ゴキブリ粉　85
おくり代　720

七月二日（火）

子ども（二人）｝牛じゃが
おとな　なっとう、（あわび）、厚あげ
あすのひる　れいめん

牛肉　300グラム　690
こんにゃく　一丁　70
なっとう　一つ　65
あわび（いか）　780
厚あげ　四枚　125

玉子　200
じゃがいも　100
レモン　100

七月三日（水）

子ども｝あみやき肉、サラダ
おとな｝いかさしみ、焼なすび、オクラ、枝まめ
あすのひる　さけ

あみやき肉　700グラム　2870
トマト　100
いかさのさしみ　460
オクラ　80
枝豆　120
さけ　三きれ　390
肉缶　一つ（弁当用）　135

玉子　200
パン　120
なすび　100
きゅうり　80
マヨネーズ　184
たレ　200
からし　75
わさび　75
スパゲティ　176

七月四日（木）

子ども　とりのからあげ
おとな　――
あすのひる　なんきん

なんきん　130
とり肉　700グラム　840
のり　230

玉子　200
パン　120
たらこ　115
だいこん　90

七月五日（金）

子ども　なんきん、厚あげ
おとな　〃　うなぎ、はものゆびき、フ
ランクフルト
あすのひる　れいめん

……

厚あげ　六枚（子ども用）　180
フランクフルト　四本　260
うなぎ　630
はものゆびき　250
ハム　200グラム　200
冷めんのだし　120
きゅうり　80

なんきん　170

七月八日（月）

子ども　たこときゅうり、やきぶた
おとな　きぬこし、厚あげ、あゆ、レバー、き
ゅうりたこ
あすのひる　なんきん

……

たこ　少々　5人分　500
やきぶた（三人分）　459
きぬこし　一丁　70
厚あげ　四枚　120
あゆ　二尾　400
牛レバー　200グラム　260
きゅうり　130
なんきん　190
なすび　70
パン　150

七月九日（火）

子ども　カレーライス
おとな　枝まめ、なっとう、牛肉、なすと丸天
　のたき合せ
あすのひる　カレー

牛肉　200グラム（あみやきの分）　790
〃　300グラム（カレー用）　540
枝まめ　100
なっとう　65
丸天　80
トマト　100
じゃがいも　100
きゅうり　100
なすび　100
レモン　100
花かつを　110
しょうが　69
玉子　200
パン　120
カレ粉　326
小ふくろ　230

七月十日（水）

子ども
おとな　} 半月弁当
あすのひる　さけ

さけ　五きれ　650
ウインナー　200グラム　280
梅型かまぼこ　360
やきとり　五本　150
牛カツ　三枚　400
きぬさや　100
グリンピース　288

玉子　200
サランラップ　170
ツマヨウジ　55

七月十一日（木）

子ども　チキンフライ、キャベツ
おとな　はもの湯びき、やきなす、とりの砂ずり、コロッケ
あすのひる　れいめん

チキンフライ肉　三枚　355
はものゆびき　250
~~なすび~~
とりの砂ずり　200グラム　100
コロッケ　四つ　160
ハム　200グラム　200
キャベツ　50
パン　120

玉子　200
きゅうり　70
レめんつゆ　120
ぬか　80

七月十二日（金）

子ども　うどんいため
おとな　いかさし、なっとう、ぎょうざ、じゃがいも
あすのひる　やきぶた

うどん玉　三こ　120
いかのさしみ　420
なっとう　一包み　65
やきぶた　300グラム　540
レモン　100
トマト　100
玉ねぎ　100

肉　150グラム　240
パン　120
クリプ　315
ケチャップ　198
めざし　300
しょうが粉　73

七月十三日（土）

子ども　オムレツ
おとな
あすのよる　牛肉てりやき

牛ミンチ　200グラム　400
牛肉（あみやき）　400グラム　1200（300のもの）
玉子　400
だいこん　120
なすび　100
きゅうり　120

コーヒ　535
タレ　200
のり　230

七月十五日（月）

子ども　玉子どうふ、いかのさしみ
おとな　うなぎ、あゆ、すなずり、なすと丸天
　たき合せ、枝まめ
あすのひる　ぶたともやし、にらいため

卵どうふ　三つ　300
いかさしみ（三人分）　500
うなぎ　二本　1100
あゆ　三びき　450
とりのすなずり　200グラム　130
丸天　三本　75
枝まめ　110
ぶた肉　200グラム　260

もやし　30
にら　10
玉子　200
パン　120
バタ　164

七月十六日（火）

子ども　やきそば
おとな　あつあげ、きぬこし、レバー、はものゆびき
あすのひる　カレーうどん

……………………

中華そば玉　三つ　120
ぶた肉　200グラム　260
もやし　30
うどん　三つ　120
あつあげ　四枚　120
きぬこし　一丁　70
牛レバー　200グラム　300
はものゆびき　200
ボンカレ　270
パン　120
デンチ　60
きゅうり　100
なすび　90
お茶　300

七月十七日（水）

子ども　なんきん、やきぶた
おとな　フランクフルト、じゃが芋、とろのさしみ、じゃこ
あすのひる　やきそば

……………………

なんきん（三人分）　140
フランクフルト　四本　250
じゃがいも　100

トマト　100
レモン　100
ちりめんじゃこ（かたいもの）　150
とろのさしみ　650
中華そば玉　三つ　120
ぶた肉　200グラム　260
もやし　30
やきぶた　555
れいめんのだし　100
かとりせん香　435
キャベツ　70
ナイロたわし〔ナイロンか〕　95
チーズ　248
ゴミふくろ　440
玉子　200
パン　120

七月十八日（木）

子ども　チキンライス
おとな　えだまめ、きぬこしどうふ、なすと丸天のたき合せ、やきぶた、オクラ
あすのひる　れいめん

とり肉　200グラム　240
えだまめ　110
きぬこし　一丁　70
なすび　90
丸天　二本　70
やきぶた　300グラム　480
オクラ　一袋　80
アスパラの缶づめ　298
バタ　164
れいめんだし　120
きゅうり　100
サランラップ　170
花かつを　135

ナイロヒき　500
ハム　240

七月十九日（金）

子ども　れいめん
おとな　牛肉あみやき、コロッケ、たこ
あすのひる　さけ

牛肉あみやき　200グラム　680
コロッケ　125
トマト　100
たこ少々　180
玉子　200
レモン　100
だいこん　130
いちごジャム　248
ごま　30
からし　75

バンドエイド　117
ケチャップ　198

七月二十日（土）

子ども　オムレツ
おとな
あすのよる　とんかつ、マカロニサラダ、かまぼこ

牛ひき肉　200グラム　400
とんかつ肉　五枚　600
いわしのかんづめ　356
キャベツ　70
きゅうり　100
かまぼこ　200
玉子　200
マメ　288
カレ　176

油　278
ぬか　140

七月二十二日（月）

子ども　コロッケ、卵どうふ、やきとり
おとな（一人）　とりの足、枝まめ、コロッケ
あすのひる　れいめん

コロッケ　八つ　240
卵どうふ　三つ　300
やきとり　九本　270
とりの足　一本　270
枝豆　100
ラメン
きゅうり　100
バタ　164
玉子　200
なすび　100

レモン　100

七月二十三日（火）

子ども
おとな
}　ハンバーグ、トマト、キャベツ
おとな　―　たまごどうふ（とりのあし）
あすのひる　さけ

牛ひき肉　400グラム　800
たまごどうふ　二丁　200
スープの素　54
トマト　100
だいこん　130

七月二十四日（水）

子ども
おとな
}　おでん
おとな　―　あゆ、あわび

あすのひる

すじ肉　200グラム　140
あつあげ　2枚　125
こんぶ　80
丸天　75
ちくわ　60
こんにゃく　70
あゆ　二尾　400
あわび　950
レモン　150
コーヒ　535
クリプ　478
チーズ　240
のり　230
なすび　100
きゅうり　100
きんぎょのえさ　50
ラメン　225

七月二十六日（金）

子ども　とりのからあげ
おとな　牛肉あみやき、たこ、はものゆびき
あすのひる　そうめん

とり肉　700グラム　770
あみやき牛肉　200グラム　740
たこ　少々　150
はものゆびき　250
玉子　200
パン　150
ガスマット　98
サランラップ　148
そうめんだし　250

七月二十七日

子ども　なんきん、いかさし
おとな　――
あすのひる
……
なんきん　135
いかのさしみ（三人分）　450
コショウ　147
ラメン　135
パン　120
グリンピース　288
チーズ　248

七月二十九日（月）

子ども　オムレツ
おとな　――
あすのひる　さけ
……
牛ひき肉　200グラム　400
キャベツ　90
だいこん　160
なすび　100
パン　120
玉子　200

七月三十日（火）

子ども　冷やっこ、やきとり
おとな　あゆ、コロッケ、厚あげ、うなぎ
あすのひる　さけ
……
きぬこし　二丁　140
やきとり　十五本　450
あゆ　二本　300
コロッケ　四つ　120
うなぎ　一つ　670
厚あげ　四枚　120
バタ　328

パン　120
きゅうり　120

七月三十一日（水）

子ども　えびフライ、キャベツ、トマト
おとな　えだまめ、あわび、牛レバー
あすのひる　——

えび　660
トマト　130
レモン　100
えだまめ　130
あわび　1100
牛のレバー　200グラム　260
玉子　200
パン粉　75
のり　230
かとりせんこう　395

むぎ茶　100

八月一日（木）

子ども　れいめん
おとな　——
あすのひる　れいめん

ハム　200グラム　200
やきぶた　300グラム　540
玉子　200
きゅうり　100
だいこん　120
レメタレ〔レイメンタレか〕　120

八月二日（金）

子ども　そうめん（やきぶた）
おとな　牛肉、あんぺい、きす、小芋
あすのひる　そうめん

牛肉あみやき　200グラム
あんぺい　二枚　90
きす　四尾　460
小芋　200
みょうが　一もり　100
なすび　100
コーヒ　535
マヨネーズ　148

八月三日（土）

子ども　牛肉、じゃがいものつけ合せ
おとな
あすのひる　れいめん

牛肉（350）500グラム　1900
ハム　200グラム　200
きゅうり　70
玉子　200
お茶　360
レモン　100

八月五日（月）

子ども　とりのからあげ
おとな　はものゆびき、きぬこし、なすのたきもの、すなずり
あすのひる　れいめん

とり肉　700グラム　800
はものゆびき　250
きぬこし　一丁　70
なすび　100
丸天　少々　50
とりの砂ずり　200グラム　80
レモン　100
パン　120

八月七日（水）

子ども　かぼちゃ、いかのさしみ
おとな　牛肉あみやき、卵どうふ、たこのさしみ、あんぺい
あすのひる　そうめん

かぼちゃ　130
いかのさしみ（三人）　500
牛肉あみやき　200グラム　760
卵どうふ　二丁　200
たこのさしみ　200
あんぺい　100
きゅうり　100
なすび　100
だいこん　120
ねぎ　30
しお　20

八月八日（木）

子ども　カレー
おとな　――
あすのひる　やきそば

牛肉　200グラム　320
ぶた肉　200グラム　300
中華そば玉　三つ　140
もやし　30
じゃがいも　100
玉ねぎ　100
玉子　200
パン　120
レモン　100
トマト　130
キャベツ　80
クリップ　190

ハム　240

八月十日（土）

子ども　牛肉たれやき、じゃがいも
おとな　枝まめ、きす、はもの皮、あわび
あすのひる　――

牛肉　500グラム　1650
枝豆　100
きす　八ひき（又は、あゆ　四ひき）　1100
きゅうり　100
はもの皮　200
あわび　4つ　2480
めざし　300
玉子　200
パン　120
シックかみそり　432

八月十二日（月）

子ども　厚あげ、ギョーザ
おとな　あゆ、やきなすび、牛レバー、うなぎ、厚あげ
あすのひる　ひやしうどん

厚あげ　八枚　240
ギョーザ　二舟　260
あゆ　二ひき　360
牛レバー　200グラム　260
うなぎ　一つ　720
バタ　328
佛さんの花　700
コーヒ　535
クリプ　115
だいこん　120
なすび　100

きゅうり　120
玉子　200
レモン　130
サランラップ　148
ゴミぶくろ　305
くだもの　300
はくせんこ　120
デンキのせん　800
はんし　60

八月十三日（火）

子ども　ささげと油揚、きゅうりとたこ酢
おとな　きす、きぬこし、たこときゅうり、フランク
あすのひる　ひやしうどん

厚あげ　五枚　125
たこ　5人分　480

きす（四ひき）620
きぬこし　一丁　70
ハム　200グラム　200
フランクフルト　四本　260
レモン　130
トマト　150
きゅうり　100
パン　120
ナイロンたわし　95

八月十七日（土）

子ども　オムレツ
おとな（一人）　かまぼこ、うなぎ、牛肉あみやき
あすのひる　そうめん

牛ひき肉　200グラム　400
あみやき肉　100グラム　380

かまぼこ　一枚　200
うなぎ　一枚　600
卵　400
トマト　150
きゅうり　100
レモン　120
ラメン　168
花かつを　168
なすび　100
パン粉　75
花　200

八月十九日（日）

子ども　きぬこし、コロッケ
おとな　湯びき、なすのでんがく、厚あげ、牛
　レバー
あすのひる　ひやしうどん

……………………………………

牛レバー　200グラム　250
はも湯びき　200
厚あげ　四枚　120
きぬこし　二丁　140
コロッケ　六こ　180
ウインナー　200グラム　280
ねぎ　40
トマト　150
レモン　120
きゅうり　70
バタ　164
パン　120
サランラップ　148
シック　648
ぬか　200
メリケン粉　220

八月二十日（火）

子ども　とんかつ、煮キャベツ
おとな　こんにゃく、ししとうのたき合せ、もずく、あゆ、ぶた角煮
あすのひる　ベーコンエッグ

とんかつ肉　三枚　450
ぶたばら肉　500グラム　470
しょうが　50
こんにゃく　一丁　70
ししとう　80
もずく　100
あゆ　二ひき　360
ベーコン　200グラム　280
玉子　210
キャベツ　75
だいこん　120
はがき　100

八月二十一日（水）

子ども　なんきん、やきぶた
おとな　オクラ、いかのさしみ、牛肉いためやき、あんぺい
あすのひる　ひやしうどん

なんきん　135
やきぶた　300グラム　600
牛肉あみやき　200グラム　760
オクラ　一袋　55
いかのさしみ　300
あんぺい　二つ　100
アスパラのかんづめ　295
トマト　150
コーヒ　535
クリプ　315
玉子　210

キュウリ　100
タレ　200

八月二十二日（木）

子ども　とりのからあげ
おとな　――
あすのひる　うなぎどんぶり

…………

とり肉　700グラム　770
うなぎ　二本　1020
なすび　100
きゅうり　70

八月二十三日（金）

子ども　やきそば
おとな　あゆ、たこ、フランクフルト、サラダ
あすのひる　さけ

…………

中華そば　120
ぶた肉　200グラム　300
あゆ　二尾　360
たこ少々　180
フランクフルト　四つ
もやし　30
ゴミフクロ　340
お茶　366
めざし　200

八月二十四日（土）

子ども　カレー
おとな　いかさし、厚あげ、小芋、とりの砂ずり
あすのひる　ひやしうどん

…………

牛肉　200グラム　460
いかさし　390

厚あげ　四枚　120
小芋　300
とりの砂ずり　200グラム　140
パン　120
玉子　210
じゃがいも　100
カレ粉　168

八月二十六日（月）

子ども｝おでん
おとな｝
おとな――あわび
あすのひる　れいめん

…………

すじ肉　200g　140
厚あげ　5　125
こんにゃく　70
丸天　3　75

ちくわ　2　60
こぶ巻　70
卵　20《ママ》
レモン　130
トマト　170
ハム　200グラム　240
きゅうり　60
レいめんだし　120
パン　140
バタ　164
じゃがいも　100
花かつを　110
あわび　600

八月二十七日（火）

子ども　オムレツ
おとな　卵どうふ、とりのあし、あゆ、グリンピース

あすのひる　さけ

牛ひき肉　200グラム　400
グリンピース　280
卵どうふ　二つ　200
とりのあし　一つ　280
あゆ　二尾　350
キャベツ　90
なすび　70
きゅうり　90
だいこん　120
レモン　120
パン　120

八月二十八日（水）

子ども　あみやき肉、じゃがいも
おとな　〃　あつあげ、小芋
あすのひる　ひやしうどん

あみやき肉　500グラム
〃　200グラム　2750
あつあげ　60
小芋　200
玉子　220
むぎ茶　100
お肉はいい肉を買って下さい

八月二十九日（木）

子ども　さんま、だいこんおろし、みそ汁
おとな　さんま、とろのさしみ、豚の角煮、やきなすび
あすのひる　ミートソース・スパゲティ

さんま　五ひき　350
ぶたのばら肉　700グラム　640
なすび　60

とろのさしみ　850
牛ひき肉　200グラム　400
きゅうり　70
トマト　200
だいこん　120
サランラップ　148
しょうが　50
ナイロたわし　225
ケチャップ　190
みそ　200
とうふ　50
あげ

八月三十一日（土）

子ども
おとな ｝半月弁当
あすのひる　ひやしうどん

ウインナー　200グラム　280
かまぼこ　200
やきとり　十本　300
カツ　三枚　600
きす（あゆ）二尾　320
とんかつ用肉　五枚　750
いわしのかんづめ　178
肉のかんづめ　145
コーヒ　575
玉子　220
パン　120
レモン　120
トマト　200
きゅうり　110
なすび　110

II

食べるたのしみ

失恋したとき、人はどうやって、その傷手《いたで》をなぐさめようとするだろうか。

たとえば、女流作家の宇野千代さんは、

「美容院へいくがよい」

といっていられる。

わかい女の子が聞いても、ぴんとこないかもしれない。わかいひとは、美容院へいってもいかなくてもうつくしいし、それにこの頃は素直な長い髪がはやっていて、パーマをかけないお嬢さんが多いから。美容院へいって身心ともにさっぱりと、美しく、生まれかわったような気になり、失恋の傷手にクヨクヨしていた自分を、反省できて、

(何をそう、いつまでも苦しんでるのだ、人生て、まだまだ、先は長いんだわ)

と心をとり直す、そんなキッカケができるのは、中年になってからかもしれない。

中年すぎて、女ざかりの色めきを失うと、美容院へいったあとと、いく前とでは、雲泥《うんでい》の差

である。

人生観まで、ちがってしまう。

だから、宇野千代女史のことばは、中年になると、シミジミ、うなずかれるのである。

失恋のくるしみに負け、髪はぼうぼう、目に涙のあと、唇も曲り、頬は削《こ》け、そんな風躰《ふうてい》でいたのでは、ますます、打ちひしがれてしまうばかりである。さっと美容院へでかけて、この際、大枚の金を投じ、ついでに美顔術なり、全身美容なりも施《ほどこ》してもらい、髪を好みに結い、一ばんお気に入りの服を着て、町へ出る。

女なら、おのずと心も晴れてしまうのである。

わかいひとなら、私は、たべること、飲むことをすすめたい。

そういえば、吉行淳之介氏つくるところの新イロハがるたに「泣き泣き大めし」というのがあるが、しばらくは、悲しみなり、腹立ちなり、飯もノドを通らぬ、ということがあるであろう。

だが、生ある人間のナマ身のかなしさ、やがて空腹となってくる。

そのとき、手近の、三日前の古パンを口に抛りこんだりしてはいけない。

よけい、失恋のいたでは深くなるばかりである。かつ、クマの胆《きも》を嘗《な》めてそのにがさに復讐心を忘れじと誓った古人のごとく、相手へのうらみつらみは、ますます、燃え狂うばかりである。

（うぬ、おのれ、よくも……）

などと恋仇《こいがたき》に嫉妬《しっと》の炎《ほむら》むらむらと燃やし、ひとりラーメンなどすすっているというのは、よくない。

こういうときは、まず、ありがねはたいて貯金をおろしてこよう。

そうして、いい服を着ていい靴を穿いて、指環、イアリング、ネックレス、好きなもので身をかざり、一流の、おいしい店へいっておいしいものを食べる。

食べものやというのは、一人でははいりにくいことが多い。

ことに、一流レストランやホテルの食堂は、一人でいきにくい。

そういうときは、友人（男でも女でもよい）を誘ってゆく。もちろん、費用は、自分が出す。

「どうしたの、どうしたの？」

としつこくきかれたら、

「うれしいことがあったから」

といえばよい。男の子を誘えば一ばんよいが、金を払ってたべさせてやりたいほどの男の子なんていないときは、女の子でもよい。日本はその点、ヨーロッパより自由で、女同士でレストランやホテルにいても、人目をそばだてなくてよい。かならず男女カップルで行動するのが原則になっているヨーロッパの社会習慣は不便なものである。

ふだん食べられないような、おいしいもの、贅沢《ぜいたく》なものを食べてみる。コック長がおごそかにワゴンで運んで来て、パーッと火をあげて焼いてくれる肉のおいしさに、舌つづみを打つべきである。

カタツムリを殻から引き出してようく味わい、ムール貝のスープを、ひとさじ、ひとさじ、じっくりと舌で賞味すべきである。

何も知らぬ友人は、さかんに、おいしいおいしいを連発するであろう。タダだと思うから、いっそう、おいしく思われるらしく、彼女はニコニコして上機嫌でいるであろう。

そのとき、あなたも、決して、失恋のうちあけ話などして、席をじめつかせてはいけないのである。陰気な話はいつだって、どこだって出来るのだ。

今は、一生けんめい、おいしいたべものの匂いをかぎ、舌で味わうのだ。全生涯をかけ、全身全霊をうちこんで、美味を味わうのだ。

かりにも、(ああ、こういうごちそうを、彼と共に食べたかった!)などと、ひそかに考えてはいけない。

それはグチというものである。

かつ、思いちがいも甚だしいといわねばならぬ。

なぜなら、好きなひとと食べているときは何の味か、よくわからないのだ。相思相愛の男女が、ともにものを食《く》らっているときは石ころだって、わかりゃしないのだ。

「かたいパンだね」

などとすまして、石ころにバターをぬりつけているかもしれない。ラーメンのおつゆだけすすっていたって、

「うまいなア」

「ウン」

などということになるのだ。

また、そこまでまだ到達しない片思いの時分、――こちらがひそかに思っている男と食事をするとき、この苦しさも、知ってる人は知ってるだろう、としか、いいようがない。

向うはこっちをどう思ってるかわからない。だから、ちょっとでも、悪い印象を与えてはいけないと思う。緊張して、マナー通りにしようとするから、かえって手がふるえて、肉が切れなかったりする。

エビなど、殻がなかなか、離れなかったりして、泣きたい思い。あるいは、

（口紅が剝げちゃわないかしら？……）

と心配している。

それで、おちょぼ口になって少しずつたべる。おしゃべりもしなくてはいけないので、口いっぱいに頬張ってウーム、などということができない。

洋食もむつかしいが、和食もこまる。

そば、うどん、これもふだんはツルツルと音立ててたべるのに、何か遠慮されちゃって。それに寒いときだと、えてして、熱いうどんなど食べているとき、鼻がツルツルいったりする。いやもう、麺類は、気の張る男と食べるもんじゃない。帰ってから、何をたべたかしら？なんて、考えてしまう。

だから、失恋したとき、意気くじけたとき、自分の金でごちそうを食べる、それが一ばん、たべものを味わい、かつ、自分の心持を一新させる、いい機会なのだ。

さて私がこの章でいいたいのは、失恋のいたでの、いやし方ではない。

じつに、食べること、飲むことを愛せよ、というすすめなのである。

今はもう、そんな親はないと思うが、私たちが子供のころ、物堅い旧式な家では、

「食事中、しゃべったらあかん」

などと、会話を禁止していた。こんな家庭での食事は、じつにまずかったろう。

食べるということは、大きな快楽である。

食事中の会話も笑声も、その快楽を増すためである。

世の中には食事そのものを、卑しむ考え方もある。

私の父方は、大阪人で、いわゆる「食い道楽」、父も祖父も、貧乏を質《しち》に置いても（これは大阪風な言い方で、あまりの貧乏に質に入れるものがなく、ついに貧乏そのものを質におく、という意味である）うまいものを食う、という方であった。

しかし母は岡山の出身で、勤倹をむねとする家に育ち、たべもののことをあげつらうのは恥ずべきことであるというしつけをうけて育った人物であった。あれがうまい、これがおいしいと、父たちがいうのをたえず、軽侮し、「男のくせに……」とか、「大阪人間は口がいやしい」とかいっていた。たべものに執着することは、母の考えでは、口がいやしいことであった。

といって、母の料理がまずい、というのではなく、私など、結婚したあとからでも、毎年正月のおせち料理のうち、黒豆だけは母にたいてもらうくらいである。お煮しめもこぶまきも棒だらも、雑煮も、みんな私が作るが、黒豆だけは、母にかなわない。シワが寄ってそのくせ甘くやわらかく、色つや輝くばかりに仕上げる、そのコツがまだ会得《えとく》できない。

そうして母はその腕自慢があるだけにより一そう、外食、買い食い、てんやものをとること、などを貶めるのである。母は、年にしてはかなり早く、食べものの執着をなくしたように思われる。

私などから見ると、何をたのしみに生きているのかと思われるばかりだ。

ほんとうは、食べることに関心と興味をもつと同時に、飲むことにも熱心になればもっとよい。飲むというのはジュースやコーラではない、アルコール類である。

これは体質もあるし、環境もある。それに年齢にもよる。

あまり若いうちからは、飲まないほうがいい。

お酒に酔わなくたって、若い女の子が酔えるものはいっぱいある。

二十五ぐらいすぎて、夢だけでは酔えなくなった年頃から、アルコールの飲みかたを知るのもいい。——アルコールや煙草は、すぎるとどうしても体をそこない、肌を荒らす。肌が荒れて、かえっていい風情になるのは、女も三十ちかい声をきいてからである。

女の一生は長いのだ。まだまだ若いあなたがあせることはない。

男にめぐりあう運命があるように、酒にめぐりあう運命もあるのだ。

しかし食べることを愛し、関心をもつことは、一日も早く開眼《かいげん》してほしい。なぜなら、

「オナカさえふくれりゃ、おんなじよ」

という女が、あんがい多いんです。

化粧代や、服や、あそびごとには、借金しても大金を投ずるくせに、たべものにはケチって、まずしい食事でそそくさとすませる。

太ることを恐れてばかりいて、ろくに食べない。

何も私は、牛飲馬食せよ、というのではない。若い娘さんにカバの如《ごと》く食べよとすすめるのではないのだ。

おいしいものを食べる、という、人生のたのしみを、一つ、ふやしてほしいのだ。

人生には、すぐ役にたつたのしみと、役には立たぬたのしみがある。食べることは、身を養いつつ、たのしみになるのだから、じつに一石二鳥である。

たべるたのしみの次に、おいしいものを、こしらえるたのしみ。

料理なんて、じつにたのしい、面白いことだ。これは、自分がおいしいものをたべようという熱意のある人ほど、料理がうまいものだ。おいしい料理をつくれる人は、やがて人にたべさせたくなる。

パーティをしたくなる。又は、あるひとを呼んで二人だけで食べたくなる。いろいろ世界がひろがる。

人間が一生でたべる回数は知れている。一回でもまずいものを食べることは、一回、人生のたのしみを失うことである。

駅弁

私は、駅弁党である。

列車の食堂はきらい。

私は、チマチマ、コチョコチョいろんな種類がきれいに入ってる幕の内弁当なんか好きだから、駅弁を買ってたべるのをたのしみにしている。

それで神戸の自宅から東京へいくときも、わざわざ十二時、一時なんて新幹線に乗る。

車中で駅弁をおいしく食べるためだ。

ここには「しゃぶしゃぶ弁当・松風」があるが、私はこれは食べない。ちょっとボリュームありすぎ。

「平家弁当」を食べる。これは五百円であった。扇面形の折詰に、蛸の煮付やらカマボコやら、ゼンマイやらいっぱいチマチマ入っていてたのしい。私は長く、これを愛用していた。昔はこれが一ばん高かった。

ところが、千円の「しゃぶしゃぶ弁当」ができ、更に幕の内の七百円というのができるに及んで、「平家弁当」はシューッと気がぬけたように、思いなしか味がおちてきた。「そんなことおまへん」と弁当屋の人はいうかもしれないが、私はわりにヨソミしない方で、こうときめたら真実一路、ずーっとそればかり食べている人間だから、気のせいではないと思うんだけれど。

いつもいつも「平家弁当」ばかり食べていて、東京からきた編集者にも推奨していたのであるが、この間、食べてみて、御飯のまずいのに一驚した。もっといいお米を使わなければいけない。「平家弁当」は、生田の森のゆかりにちなんであるので、いかにも新神戸駅のものらしく、私はファンであるからあえていうわけである。

駅弁といっても、私は旅行は少ない方で、各地の駅弁をみな食べあるいたのではないから、ここで論評することができなくて、残念である。

ただこのあいだ、信州へ取材にいったとき、長野で、編集者の人に、

「きじ弁当」

というのを買ってもらった。これは御飯も味つけもよろしく、結構であった。

横川へきて、釜めし弁当を欲しそうに見ていると、気の毒になったのか、編集者は、

「いかがですか。まだ入るでしょう」

といって買ってくれた。

これも米がふっくらして、日本的ないいお味であった。釜も珍しいので持って帰った。高崎へきて、赤いプラスチックのダルマ弁当を売っていた。私がまた、じーっと見ていると、編集者はタメイキをついて、買ってきてくれた。私は大喜びで、

「この、ダルマのイレモノが欲しかったの。貯金箱にも壁かけにもなるでしょう」

といい、しかし、貯金箱にするには、中身の御飯が邪魔であるから、食べた。これもたいそうおいしくて、量もたっぷりあり、まことに結構であった。

こうして、私は旅のあいだ中、たべつづけている。

台湾へいったら、観光列車でもある所の幹線列車（あちらでは「莒光号《きょこう》」と人は呼ぶ）で駅弁が買える。折詰も駅に売っているが、アルミニュームの丸い弁当箱を、列車ボーイが配ってくる。

御飯の上に、豚の天プラ様《よう》の、あるいは焼豚様のものが、ドバッと打ち伏している。それだけのものである。焼豚どんぶり、とん天どんぶり、とでも思って食べればよいのであるが、わが愛の「平家弁当」から見ると、何やら、残飯風とでもいうべきシロモノである。ただし、見た目より、味はよかった。

ニューヨークのマグロ

ニューヨークはのどのかわく町である。そして寒い町である。いまが一番いい気候だというのだが、日本では十一月末ぐらいの底冷え、それでも、毛皮の人もあれば、半袖シャツの人もいて、

「気候も主観的なんですなあ」

とカモカのおっちゃんはいっている。空は澄み、地下からの湯煙りは町のあちこちに濛々《もうもう》と吹きあげている。車はその蒸気トンネルというか、湯煙りの中を走りぬけてゆく。

「まるで別府みたいやなあ」

と高橋孟画伯はいって、しきりに写真をうつしていた。写真ができあがったら、我々はきっと、「別府温泉へご保養ですか、結構なご身分ですな」といわれるにちがいない。湯煙りにフィフスアベニューもかすんでいた。

プラザホテルはたいそうりっぱなホテルなのであるが、セントラルパークのそばゆえ、観光

馬車が数十台たむろして客を待っている。秋空に、乾いた異臭——馬糞や革の臭み——が、ホテルの玄関にただようのも、旅情があっていい。

それはいいのだが、私は出発当日、ぎりぎりの時間まで仕事していて、宿をとるのは人まかせにしていた。英語のいけるヨウちゃんという御仁がついていってくれるというので、ヨウちゃんに頼んでいたが、これが三日しか宿をとってない。

「何とか、向うへいったらなりまっしゃろ」ということで出発したが、宿は今日び、なかなか取れないのである。

「セントラルパークで、段ボール箱の中に寝てる人、おました。いざとなればそれやりますか、しかし寒いやろなあ」

ナントカナル精神は、いいときもあるが困るときもある。ニッポン中年四人、ただいまの時点でニューヨークに立ち往生している。

しかしそれにしても看板に日本語のハンラン、たいへんなもの、日本レストランが軒なみ櫛《しっ》比《ぴ》して、アメリカ人はナマモノ食べへんと教えられたけど、

「あれ、ウソやなあ。刺身でもすしでも、みな、うまそうに食うてはりまっせ」

とカモカのおっちゃんはいった。ちょっとはいったヨウちゃんの昔なじみのジャパニーズレストランで、ひげもじゃの大男と、金髪娘が嬉々として、刺身を食べて日本酒を飲んでいる。

家族づれの一団、畳の席でスキヤキを食べていたりして、おっちゃんは、

「あの箸の使い方なんか、巧いもんですな。今日び、日本の子供のほうが、学校給食で箸の使い方、ヘタですわ。西洋人はぶきっちょで箸なんか到底、よう使わん、といわれてるけど、それもウソ、やっぱり現地へ来てみんと、わからんことが多いですな」

私は、ピンからキリまで見る、ということが好きなので、高級料理店から屋台のホットドッグ屋まで、みんな試みたいのであるが、ただいまのところはとりあえず、なぜか「新橋」をはじめとして、日本料理店ばかりのぞくことになってしまう。

お昼にぶらぶら歩いて、セルフサービスのカフェテリヤへいき、ラザーニャやマカロニを、「これ一つ」「これ一つ」という風に指さしてとってもらう。これが恐るべき多量、どさっと山盛りを供される。日本人なら見ただけで満腹して逃げ出しそう。

「こない食う奴と戦争なんかしたら、負けるのん、当たり前やなあ」

と、海軍軍人の孟画伯は、しみじみとつぶやいた。ここでは飲みものはソーダー水やミルクというところ、アルコールは一切出さない。一人、二、三ドルであがってしまう昼食である。私がけちったわけではなく、この町は高級料理店にしろ、安い。食べもの飲みものに、一人前百ドル出すアメリカ人なんて考えられないのである。日本ほどたべもののたかい国はないであろう。

こういう所で食べていると、隣の席のアメリカ男が、私たちが物なれないと見たのか、わざわざ立ってストローを持って来てくれたりする。屋台のおっさんが、モノを持つのに手を貸してくれる。ニューヨークっ子は人情わりにこまやかで、日本より肌ざわりが暖い。

治安はむろん、日本の方がはるかに良好であるのにまちがいはなかろうが、しかし住みついてる日本人にいわせると、

「新聞や週刊誌でいうほどヒドくはない、場所によりますけど」ということである。私はまた、ニューヨークでは、白昼、常時、ギャングの撃ち合いや銀行強盗があり、スパイは地下室で暗号解読に狂奔し、黒人のデモがねりあるき、ウーマンリヴの女闘士が獅子吼《しく》して、アル中があばれまわっている、マフィアのボスは床屋で撃たれて死に、どこへいっても盗聴マイクがしかけられてる、そういうところを想像していた。

「しかしそら、ヨソの人が神戸みたら、そういう印象、ちがいますか、Y組ご城下、という感じで、神戸駅に下りるのんさえ怖い、いう人がおりますからな」

とカモカのおっちゃんはいった。ニューヨークがいい、日本へ帰りとうない、とこっちで働いて子供を育てている人がいっていた。

ヨウちゃんなる中年男が、最後にニューヨークを離れたのは、三年前のよしであるが、馴染みの店を訪れてみると、「旧を問えば半ばは鬼《き》となる」、死んだのあり、日本へ戻ったのもあり、

あるいは代替り、つぶれたのもあり、ニューヨークの三年は他国の十年、浮沈がはげしい。浦島太郎のヨウちゃんである。

それにしても、なんでこう、ニューヨークで飲む日本酒は美味しいのか。秋深いせいであろうか、「せっかくアメリカへ来たんやからビフテキ食いまひょや」といいつつ、すし屋のマグロを食べている。隣の席のアメリカ男もおいしそうにトロを食べてる。

「日本はやっぱりアメリカへ侵略して勝ちましたな」

孟画伯、再びしみじみとつぶやく。

中国式朝食

この頃のホテルの朝食はバイキングスタイルで、自分でお皿をもっていって盛り合せてくる、というものが多い。バイキングというのは、大釜なり大皿なりに盛ってあるのを見るときは、おいしそうなのだが、自分の皿へ移してみると、何だかつまらなそうにみえるというシロモノ。おそくいくと、もうなくなりかけてる種類もあって、そういうのに限って、美味しそうにみえたりして、

「残念だなあ。これが欲しかったのに……」

などと、ないものねだりしているアマノジャクもあり。

それに私などはそそっかしいから、皿を席へ運ぶ途中、ひっくり返すおそれあり。

和食バイキングというのもあった。これは種類も多く混雑する。味噌汁を大釜で煮たてており、そこへ客は汁椀片手に行列する。とんと天明飢饉の難民救済といった図。あたまの禿げたりっぱな紳士が、ネクタイの端をワイシャツの胸へ押しこんだりして、真剣にお盆をはこぶ、

中々よい眺めではあるものの、フツカ酔いの朝など、せめて味噌汁でもありつこうと起き出していってみるが、自分で運ぶのがめんどくさくなる。それに、人押しのけて、という根気もなし、エーイ、面倒なり、やめちゃえ、と、何も食べないで部屋にひきこもり、しかたなく、迎え酒になったりするのだあ。

しかし、朝食といえば、和風洋風の、どれかであることは変りない。中国風朝食、というのをやってるホテルはない。中国料理は、よくホテルの中でやっているが。

この前、台湾へいったらホテルに中国風朝食があり（当然だ）、これは白粥であった。

適度の軽さで、ちょうど、酔っぱらった翌朝の胃には打ってつけである。

とろりと光る白い粥に、いろんなオカズがついている。白菜・葱・トリ肉とビーフンを炒めたもの、ピータン、春巻、豚肉のでんぶ、それにおいしいのは、シジミの醬油漬けで、半開のやわらかいシジミの肉を吸う。醬油とニンニクの味がよくしみて、粥にうってつけであった。

「塩蛤仔」という。

白い粥に、塩鮭でもほぐして食べればいっそう美味であろうが、台湾だから鮭はない。道理で、日本人旅行者が、荒巻鮭の包みをもっていたのを思い出した。あれは、この地の事情に精通している人のプレゼント用なのであろう。

白粥にお醬油と花かつお（かつおぶしをうすく削ったもの。あれを袋に入れたのを関西では花かつおといって売っているが、ナゼか東京ではオカカといっている。あれは、関西ではないことばで、料理番組で大の男が、オカカなどといっていると、幼児語のようで面白い）を混ぜ合せてたべる、というのを、幼児のころよくやった。梅干、のりの佃煮とたべるのが好き。「おカイさん」と私たちは小さい時はよんでいた。寒い冬の朝は芋がゆをたいてもらうこともあった。暖まってよかった。まっ白く光る粥に、芋が黄金色に輝いているのだった。

朝の食欲のないときに、粥をたべるのは、とてもいいチエだと思う。中国式朝食を早速とりいれてみたい。

「しかし、粥というのは、長い時間たくねんやろ？」

と、孟さんがふしぎそうにいった。

「そりゃ、そうよ。電子レンジに入れてパッというわけにいきません」

「すると、朝早うから起きて火にかけな、いかん。それは誰がするねんやろ」

「誰がするんでしょうねえ」

と二人とも、遠慮ぶかくなってしまう。

茫然台湾

今年の「あこがれの茫然航路」は台湾だった。

私は、何をかくそう、ハワイと同じくらい台湾が好き。

ハワイも疲れのとれるところだが、台湾も、ボーゼンとしにゆくのに、いいところなのだ。

その上、ハワイにくらべて、だんぜん、食物がおいしい。その点では、私は香港よりも台湾の食物に軍配をあげる。シンガポールの中国料理がいい、という人もあるが、これも私には香辛料が強すぎて拒否反応があった。

もっとも、せまい私の見聞体験で偉そうなことはいえない。それに、地元に友人がいるのといないのとでは、大いにちがう。台北では友人が引きまわしてくれるので、極めつきの美味だけを賞味するということができるからだろう。四川料理、広東料理、上海料理、とたべてきて、ただの一度も日本食が恋しいと思ったことはない。

食物は別としても、街の感じが私の肌に合う。香菜だか八角だか五香だか、はたまたニンニクだか分らぬが、ダウンタウンにぷーんとただよう香辛料の匂いの好もしさ。それに私は漢字大好き人間なので、看板に氾濫《はんらん》する漢字に気をよくする。空気の肌なれした仄あたたかさ、歩いてるうちに、香辛料にまじってただよう果物の甘ったるい匂い。パパイヤ、釈迦頭《しゃかとう》、バナナ。……歩いてる人の表情、言葉つき、その上にひろがる南国の青空。

私はボーゼンとただ街をぶらつくのである。

「まあ、あのやかましさでは、ボーゼンとするわいな」

という人もあるが。

いや、実際、台北の町はやかましい。とにかく車とオートバイが多い。タクシーは飛鳥のように飛び掠《かす》め、オートバイは爆音をとどろかし、クラクションは鳴りひびき、人々の声は高い。店へ入るとたいていどこも満員、この地の人々は食事中、声高にしゃべりづめだから、店内わんわんとカナエの沸くが如く、こっちも負けじとどなり合って、よけいおなかが空き、料理がおいしいという趣向なのだが、これがいい。

ボーゼン旅行にはうってつけでありますのだ。

ホテルは民権東路にある。台北はビルラッシュで、目の前のも建築中である。ホテルに荷をおくなり、ブーラブーラと街をゆく。近くの中山小学校から、湧き出るごとく学童があふれ出てくる中を、かきわけかきわけ、車の騒音爆音の中をゆくうちに双蓮市場までいってしまう。

チンチンと踏切の音。——これは尼崎《アマ》の出屋敷《でやしき》か、大阪の上六《うえろく》か、友人は「野田阪神の感じや」という。ニワトリが生きたまま籠に詰めて売られていたり、豚の鼻やら脚やらが鉤《かぎ》にひっかけられてる隣に、小さい散髪屋や貸本屋があった、日本のマンガによく似てるのがずらりと並んでる。「檳榔《びんろう》」の屋台があるのもなつかしいが、私はこれだけは食べたことがない。地元の友人が、

「あたしも食べたことないわよ」

というものだから手を出さないでいる。

街の香辛料の匂いで食欲をそそられて、いよいよ夜、お目あての餐庁《レストラン》へくりこむ。鶏と牛肉と豚、葱、豆腐、魚、蛤《はまぐり》、カニにエビ、ありとあらゆる料理、最後のくだもの柳丁までかぞえたら、十種類あった。これを七、八人ですっかりあまさず食べる。

台湾で好きなのは、大皿にのこるほんのひときれの野菜、ひとかけらの肉まで、

「どうぞどうぞ」

と皆でまわして食べ、決して皿にたべものを残さぬこと。

どんなに裕福な人でも、すっかりきれいにさらえ、一つ残っていると目の色かえて、

「さ、どうぞ。これを片付けて下さい」

「では、頂きましょうか」

と、きれいに片付けてしまう。

たべものが勿体ない！　という感覚が身にしみついているのと、美味しいので残せない！という執着があって、出る皿出る皿、片っぱしからなめたようにきれいになる。これでこそ料理ぞ、という気になる。日本の料理屋で半分くらいしか手をつけず、下げられてゆく無残さはない。

それに残ったら持ってかえる、という習わしが定着している。これもいい。

ぐっすり眠って朝は、民権東路からほど近い忠孝路の豆漿《トウチャン》餐庁「喜万年」へ朝ゴハンを食べにいきまんねん。朝ゴハンの店、というのがいい。

「中國人傳統的早點」とある、伝統の朝ゴハン、豆乳スープに油條《ユーテイアン》や焼餅《サービン》、卵と葱を入れて焼く蛋餅《タンピン》が、もう美味しくってこたえられない。油條はフランスの棒パンのような形だが、ふわっとしてからりと揚がっていて、これをちぎっては豆漿と食べる、いうなら、揚げパンのような感じだが、家ではつくれないという。特別の技術なので外地へ行く人のお嫁さんは、習いにいくという。

白がゆに肉でんぶ、蛤の醤油むしでいくという手も、朝ゴハンにはある。お昼はどこの飲茶《ヤムチャ》にするか、それとも町の屋台で担々麺《タンタンメン》か損円《コンエン》スープ、豚肉団子か、蚵仔煎《バーハーセン》のかき玉でやるか、夜は、とはてしなく考えることは食べることばかり。おお、そうそう、ついに故宮博物院もこのたびはいかずじまい。

「博物館なんか、何べんもいくもんやない」

とカモカのおっちゃんはいう。

この国で政治と思想の話は禁物である。オトナは（インテリやエリートというより、オトナ）みな、そういう話題が出るとせつなそうな顔になり、避ける。政治なんか下らんことである。政治より故宮博物院の宝物のほうが、何百年何千年のあとまで残ってるじゃないか。

「うんにゃ。宝物より、日々、美味しいもんを頂くほうが、ずんずんと、人生では上等ですぞ」

とおっちゃんはいう。帰るなり、またいきたくなるのが台湾の人情と食物である。遠望台湾、茫然台湾。――というわけで、上等のお正月でした。

むき身すり鉢一ぱい五文

先日パリの観光から帰ってきた友人（女性）のいうのに、たべものは断然、日本のほうがおいしかったという。

それはそうであろう、彼女は神戸の住人で、神戸っ子らしく美食家だから舌が肥えているのだ。

現地にいる日本人に案内してもらって、一流中の一流というレストランへもいき、日本料理店でも食べたが、和洋いずれの料理も、

「断然、神戸が上。日本食を外国で食べても美味しィないのは当然やけど、フランス料理がモヒトツやったのは意外やったわ。神戸がいちばん」

などという。

神戸っ子の舌に適《あ》うように神戸のフランス料理は微妙に味わいを変えているのであろうから、公平な評価といえないが、しかし彼女が、これだけはかなわぬと痛感したのは、たべものの廉《やす》

さだという。いや、それでいえば、家賃も衣類も日本より安いが、殊に食物、レストランの勘定、マーケットの食料品類、みな廉かった、「日本はなんであんなにたべもの、高価《たか》いのやろうと思った」という報告である。

実際、たべものが安価で新鮮、というのが人間社会の文明度のような気がする。それなのに、余計な手間を弄して、いよいよ頽廃的な方向に進み、たかいたべものを一層たかくしているのが、日本の現状である。たとえばいま金箔入りの酒やたべものがハヤっていて、私のところへも頂くが、こんなこと無用の贅沢で徒労、

(止しゃいいのに)

と思ってしまう。私はたべものはシンプルなのが好きだ。旬のもので自然栽培で、穫れたての新鮮なもの、欲をいえば私が住んでいる地方にできたなりものがよい。人間も自然の一部だから、同じ地方で穫れたものを食べるのが理にかなっているのだ。

このごろ江戸がブームであるけれど、私もちょっと必要あって江戸中期の庶民の暮しを調べていたら、まことにうらやましいような生活であった。新鮮な地のたべものが廉価で庶民に供給されているのだ。人々はおいしくやすいものを食べ、よく働いて、而うして残る時間をムダな無為のうちに楽しく過ごす。現代文化と系統が違うが、江戸のほうがよっぽど文化度が高いといわねばならない。

式亭三馬の『浮世風呂』や『浮世床』を読んでみるとわかる。全篇、九尺二間の長屋の庶民のムダ話である。ところがこれが滅法面白い。面白いが、明治以降の文学理論からいえば型やぶりで、いかなる文学的範疇《はんちゅう》にも入らない。こういうのは芥川賞にも直木賞にも適しないであろう。面白いけれども、「文学性、というものがねえ……」と選考委員たちを当惑させるに違いない。しかしかえって現代では、この「面白いけれども……」と、「けれども」のつく作品のほうが新鮮で魅力を感じさせられる。ムダ話の向うに時代がみえ、人肌の暖《ぬく》さが感じられるのである。

この時代の長屋は興津要氏『大江戸長屋ばなし』(PHP研究所刊)によると、文政の頃で家賃が月五百文(深川江戸資料館では三百文とある)、大工の手間賃が日に四百二十文、ボテ振りの野菜売りが一日行商して四、五百文だったという。めし代百二十文、おやつの焼芋、大きいもの一本が十六文、そばが十六文、すしの屋台では四文から八文で、こはだや白魚、まぐろが食べられた。塩、油、炭などはかり売りで買う。長屋にはたえず行商人が来て、安価な旬のたべものを供給する。いわし、あじ、まぐろ。あさりのむき身はすり鉢一ぱいが五文で買えたという。何という幸せ。

納豆は八文、豆腐は四分の一丁が十五文ばかり、廉い朝食がおいしく食べられるわけだ。

一日の仕事を終えた男たちは縄のれんの店へはいる。江戸に多い独身男は、こういうところで食事もし、酒も楽しんだのであろうか。酒一合二十文から二十四文、肴はその半分くらいの安さ、煮魚、むきみのぬた、酢蛸、煮しめ、冷や奴、するめ、なるほどこれなら、一品七、八文ぐらいであがるはず。そのあと茶めしでも食べておけば腹もできようというもの、これが一人前十二文だったという。

これで春の花見、夏の大川の花火、寺社のご祭礼を楽しみ、歌舞伎を見て貸本屋の本を読み——という、まことに泰平の逸民の生活。

働いて、その金で廉くておいしい旬のものを食べ、しかもおやつも酒も楽しめる。今日の苦労は今日で終った、という、人間の歴史の中では最も理想的な庶民の暮しである。そうして銭湯や床屋で、面白いが、文学的範疇に括り入れられないムダ話を、今日も明日もたのしくくり返す。凄い文化ではないか、現代人が江戸に憧憬するのは、その暮しが今や見果てぬ夢になったからであろう。しかし、たべものがもっと廉くなれば、現代でも泰平のゆとりの余慶を蒙《こうむ》ることができるのではないか、それに大手チェーン店より小躰《こてい》な小資本のたべもの店がいっぱいあるほうが、文明度は上ではないか、などと私は考えるものだ。

手料理

昔、私は来客の食事は必ず、自分でつくっていた。自分で買物にゆき、昼ごろから作ってたのしんだ。そうして「美味しいですか」とききき、「美味しい」という客を厚遇し、「ええ……まあ」と煮えきらぬ客を、味覚オンチだと怒っていた。

しかしこの頃は、本当に忙しくなり、それに自分で指図して家政婦サンに作らせるのも面倒になってきた。

指図したり、教えこんだりするのも、かなりのエネルギーと時間が要るのだ。

それでこの頃は、半製品を買ってきて、暖めたり揚げたりし、あるいは有名レストランや、近くの店から出前を取る、そんなことをするようになった。

しかし私には、ナゼだか、それは恥ずべきことである、という観念がある。

客を迎え、客に食事を供する、というのは主人側がみずから手を下して調理したものでなければまごころがこもらない、というような先入観がある。だが時間はないし、心は二つ、身は一つという矛盾になやみ、私は、煩悶《はんもん》するのである。そうして、スミマセン、これは、こういう所の店のものですが、と詫びつつ出すのである。

ところが、そうすると客たちはいっせいに、

「おいしい。うむ、これはうまい」

というのだ。

私の手料理より、出前の方が、大方のみなさまのお口に合うらしい。

私に、ヨクナイ心がおきてきた。私も女の常として虚栄心が強いのだ。客人の喝采を博したいために、外からとった料理をウチで作ったというようになった。はじめは良心の呵責になやむが、ナニ、悪事などというものは慣れれば何ともなくなるものである。

東京から編集者が来たとき、料理を提供して、私のウチには食堂なんてないから台所で飲み、かつ食べる。

「うまいうまい。この春巻はじつにうまい。こんな凄い腕前とは知らなかった」

と編集者は喜んでうちくらい、

「こんどわが社で出して下さい、『小説のうまい女は料理もうまい』どうです、これも当りますぜ」

などといってる所へ、玄関の戸があく、玄関から台所は一直線で、声は筒抜けである。

「ちわァ。毎度ォー。一貫楼デース。皿あいてますかァ。春巻の皿デース」

なんて、一貫楼はおいしい店なんだが、私は出前青年の首を絞めたいくらい。

画家の岡田嘉夫サンの夫人も、このあいだお正月料理を一切、有名なお店でととのえ、年賀のお客さんに、

「手料理でまずいんですけど」

と出されたそうだ。お客さんはみなみな、その美味と、美しい盛りつけに感嘆したが、中に一人の老婦人、

「オヤ、これは○○屋だね、このお味はそうだよ」

と看破し、岡田夫人はどっちむいていいやらわからず、ついに押入れにかくれてしまって、元日から天の岩戸入り。わが心からとはいいながら、みなみな、窮地に立っている。しかしよそから取るのは私ごとき未熟者ばかりではないとみえて、お料理の大家の石井好子さんでさえ、多忙なとき、レストラン・△△のシチューを取り寄せて、客人に供された。客人はひとくち食べて随喜《ずいき》の涙をこぼし、

「うまい。さすがは石井さんだ。△△よりうまい！」

といったそうだから、やはり人徳の格が、私らとはちがう。

大阪・私の好きな店

実をいうと私は大阪生れのくせに神戸に長らく住み、神戸の食べものやのほうがくわしくなった。これはその年輩と、相棒による。いささかの恒心恒産を得て、たべものに関心をもつようになれるのは、オトナになってからである。しかも四十前後になってからである。おまけに相棒は酒のみであった。

そんな具合で、神戸の好きな店ならすぐ挙げられるのだが、ふるさとと大阪は遠くなりにけり、になってしまった。だがここ二年ばかり伊丹に住み、神戸より大阪が近くなって、いま鋭意、開拓中である。

思いつくままに好きな店をあげてみると、高級なところでは「吉兆」「生野」——ま、こういうのは自分でいったのではなく招待されたのだが、料理はたいそう美味しい。料理の点からいうと、どんなむつかしい人でも満足させられるであろうが、個人で人を招《よ》んだり、家族で楽しんだり、ということは経済的にどうだろうか。

私がよくいくのは、鴨居羊子さんに教えらえた「銀翠」、肥後橋を南へ渡り、大同ビルの東裏、目立たぬ古い建築の家だが、料理はたっぷりあり、くふうもこらしてあって見た目もたのしい。

うなぎは中之島の「竹葉亭」、うなぎも美味しいが、ビルの中にこんな家が、と思うほど、昔風の屋敷がまえ、打水をした飛石をつたってゆく気分は、うきうきする。

実質的においしいものを腰かけで食べようというときは、北の毎日新聞社の一つ（新地本通）の通りをはいった、すぐの北側にある「甚五郎」。きゅうり巻きが有名だが、魚料理で一ぱい飲める。

私は食事のときは日本酒なので、いきおい魚や和食の紹介ばかりになってしまって申しわけないが、魚といえば伏見町の「与太呂」の鯛めしをおとすわけにいかない。東京の赤坂にも支店があるが、土鍋にふっくら、姿のままたきあがった鯛と御飯。日本風パエリヤというところだが、かんばしくておいしい。

すっぽんでは、北の新地本通から一つ南の筋、堂島の「神田川」、もっとも私は、ここではすっぽんより、ふつうコースの料理をたのしむことが多い。ここの塗り箸、先が針のようにほそいのだが、料理がそれぐらい繊細だからかもしれない。四季折々に趣向がかわっていて絶妙な味わいは微醺《びくん》をたすけ、次は何が出るかとたのしめる。大将も男前だが器《うつわ》もいい。もっと気楽に安く、——という中年サラリーマン向きは曽根崎の「玉虫」、私はここのおでん（関西ではかんとだきだが）のあっさり味が好きである。しゃっきりしたおかみさんが「今日はこれこれにおしやす」とすすめてくれる季節料理もいい。座敷へ上らないでも奥のスタンドがある。ここはなぜか関西の画家がよくいく店で、私も辻司画伯夫妻に連れていって頂いたのが最初である。

安くておいしい魚を食べようというならミナミの法善寺横丁の「正弁丹吾亭」。いついっても満員なのが、安くてうまい証拠で、大阪人は「吉兆」や「生野」がいくら美味でも感心しないのだ。「高うてうまいのやったら当り前やないか」とおこるのだ。「安うてうまいのでないとあかん」という信念は老いも若きも持っている。

ここの店の前に織田作之助の句碑「行き暮れてここが思案の善哉かな」があるが、同じことなら同氏の句「法善寺芝居のような雪が降り」を採ってほしかった。

あと私の好きな店は、うどんでは北の「家族亭」御霊《ごりょう》ハン裏の「美々卯」、ミナミのお好み焼「ぼてじゅう」ギョウザは「珉珉」、安い入れ込みのてっちりや「つぼらや」——おや、知らないといいながらこうして並べてみると、結構、私の好きな大阪の店も多い。

てっちりオバン

朝、珍しいことに白いものがちらちらしたと思ったら積りはじめ、見る間に小さい庭が白くなり、しかもなお、ヒヒと降ってくる。屋根も木々も白くなり、「わが庭に大雪降れり……」と「万葉集」でもうたいあげたいような、格調たかき風情になった。森厳崇高《しんげんすうこう》のおもむきといってよい。

ところが、あっち向いてこっち向いてるうちに、雪は雨となり、たちまち、べちょべちょに溶け、品位も格調も消え失せ、何が万葉やねん、というざまになってしまった。まことに私の住むまちは、気候まで、格調から縁遠くなってる。

しかし寒いことは寒い。そこへ東京から、若い女性が来た。この新鮮微笑少女を伴って寒さしのぎに「鉄砲でも食べにいきますか」ということになる。

「フグですか、いやー、あれ食べるとオバンになるんじゃありません？」

新鮮微笑少女はためらう。なんでやと聞くと、東京少女の間には「これをするようになるとオバン」という定説が広がりつつあるそうで、一つはおすし屋のカウンターに坐って握ってもらう、一つは天プラ屋のカウンターに坐って揚げてもらう、一つはてっちりを食べる、と、こういう三つであるそうな。

まあ、高価《たか》い、ってこともあるが、そういえばそうね、私も、ホン、このトシになってからである。カウンターに坐って、すし屋のお兄さんに、

「トロにぎって。それからお酒一本つけて」

なんて、いえるようになったのは。

「今日のおすすめ品ってある？」

「タイでんなあ」

「ほんならそれ、握らんとアテにして」

なんていえるようになったのは、四十六、七ぐらいからか、そうか、バッチリ、オバンになってからである。

若い女の子がそんなことをいうてるのは、いやらしい。尤も、男に連れてきてもらってそれをいうてる子もいるが、これはよけい、いやらしい。すしぐらい、自分の稼いだ金でたべろォーッ。男にたかるなんて志がない、ちゅうねん。

しかし、てっちりは大丈夫。大阪のてっちりは安いから、若い子もたくさんいってる。

道頓堀へいく。ニッパチの枯れも寒さも関係なく、格調に縁のなさそうな、楽しげな大衆が三々五々、群れている。格調と楽しさは、べつに相反するものではないと思うが、しかし浪花庶民はナゼカ別々に考えるのが好きなようである。

じんじんと寒く、

「うわ、早よヒレ酒でぬくもりまひょ」

とカモカのおっちゃんはいい、「づぼらや」へとびこむ。二階へ案内されて畳敷の入れこみ、せまいところへ坐って窓の外は中座《なか》、松竹新喜劇がかかってる。寛美サンの顔の看板があって、道頓堀はネオンぴかぴかである。

店内は若いもんがぎっしり、それ向きの値段で、

「うーん、これじゃ、オバンにならずにすみますね」

と新鮮微笑少女も納得、ホッとしたようである。「てっちり追加二人前」とか「熱燗二本」なんて声が乱れ飛び、私たちもイソイソしてしまう。ヒレ酒に白子の塩焼きなんてのを食べつつ、

「ズボラって何ですか」

と聞かれて、これは大阪弁では、じだらく、とか、だらしない、という意味であるが、そこから図太い、横着な、という感じもある。これが店の名になると、気取りがないとか、肩がこ

らぬ、という意味合いも含まれるのだろうが、私はこの、「づぼらや」の「づ」が気に入っている。「ず」より「づ」のほうが、センスがある。いや、格調がある。

私たちは、「……をやったらオバン」というのを言い合う。

「グリーン車へ乗ろう、という料簡をおこすとオバンやね。あ、これは男も。若くてもオジン」

「年末年始なんかにシティホテルへ泊るというのもオバン……というのはどうでしょう。紅白みながらひとり、マニキュア塗ってるとか。トマト色の」

「タクシーの運転手サンにチップをやり出したらオバン」

「旅行にいって、どこも見ず、部屋にこもって飲んでるだけ、というようになればオバン」

「ちょっと待って。一パツできまり、というのがある。水子霊が……といわれても、ナンとも動じないのがオバン」

「いやいや、それよりも」

とおっちゃんはいう。

「つま楊枝が要るようになればオバン・オジン」

ほんと、新鮮微笑少女はもちろん、まわりの若者、誰一人としてつま楊枝は使ってないのに、おっちゃんは、「姐チャン、つま楊枝おまへんか」なんて叫んだりして。

てっちりは、鍋の中身をすっかり食べたあと、ゴハンを入れて雑炊をつくる、これがおいしい。その際、鍋の中身ののこりをすくい、皿へあけて捨てるのはオバン。

若い子はすっかり食べてしまう。

くたくたに煮えた白菜、透き通って煮くずれた大根の切れっぱし、フグの皮のひとかけら、骨にちょっとまだ肉のついてるの、煮えすぎて半分溶けた椎茸、とにかく杓子にひっかかったゴモクのようなのこりも、若い子はきれいに食べ、涼しい顔で片付けて、

「では雑炊にしましょう」

という。卵と青葱でとじて、海苔のもんだのをふりかけて食べ、「アー。術《ずっ》ない」とおなかをさすってるのはオバン、すっかり鍋の底をさらえて更に、「この近くにおいしいお好み焼き屋がありましたよね」というのは若い新鮮微笑少女である。

「あと、ちょっと飲みまほか、しかしここで、明日がエラいと断わってやめたら、オジン・オバンやが……」

とおっちゃんはいうが、これは誰も断わる者はなかった。

てっちりパーティ

先頃、私は妙な経験をした。

私は夕方、原稿を急いで書いていた。東京からその原稿を受け取りに編集者が来ている。あと二、三枚で終るという繁忙のときに電話が鳴り、私はてっきり、飛行機の最終便の時間を気にした彼からだと思って、（あ、もうすぐです）と明るい声でいおうとしたら、これが違った。私の知ってる著名人である。

「近くまで来てるんですがね、お宅の近くの知人の家で、てっちりパーティをしようというので、そこの人がぜひタナベサンご夫妻もお招きしたいと。これから車でお迎えにあがりますが、いかがですか」

私は仕事に気を取られて、どっちでもいいという気分だったが、このあと夕食の支度をするのも疲れたし、タイミングのいい提案だったから、相棒（私は夫とも主人とも同居人とも書きにくい。相棒が一番ぴったりする。もっといいのは「オッチャン」だが、これも「イエスの方舟」事件以来、イメージが狂った）のところへ走っていって相談した（私は家の中でもたいてい走ってるのだ）。てっちりに目のない相棒は、てっちりと著名人の名を聞いただけで賛成した。この二つの名詞は、私たちにはかなり好感度が高いというべきであろう。著名人は若い男の運転する車でやってきた。私はできた原稿を抱いて乗りこみ、ついでに編集者の待ってる店へ車を廻してもらい、無事に手渡して、にこにこと、「てっちり」の待つ場所へ向った。

車は盛り場を通り越し、暗い住宅街へ向う。そのとき私にはゆえ知らぬ不吉な予感が萌《きざ》し、（シマッター）という気がしたのだ。私は何となく、ふぐ料理屋へいくことを考えていたのだが、個人の家ではないか。私は一面識もない人の家で食事するということは始めてである。車の中で著名人は、「僕もその人はあんまり知らないんだが」などと心細いことをいう。

相棒は相棒で、

「なに。てっちり屋と違うんか？」

と不興気に唸り、黙りこんでしまう。車を運転している男性も当夜の客の一人らしい。「お先にはじめていたんだが中途でぬけてきた」といい、何が何だか分らぬうちに大きい家に到着。明るい玄関に入ってみると、ハキモノがいっぱい、これはかなりの人数じゃないのか。

食堂へ案内されたが、男女とりまぜ六、七人が床やソファに散っており、食卓は食べ荒したあとらしく落花狼藉《らっかろうぜき》、大きな土鍋に汁ばかりなみなみとたたえられ、野菜のきれっぱしが浮きつ沈みつ、「どうぞ坐って下さい」と誰かがいうと、どこへ腰かけていいのか分らない。

「適当に坐りましょう」

と著名人はいい、食卓の一隅を示して、自分も坐ったので、私たちも並んで腰をおろしたが、テーブルの上は濡れ、汚れた箸や皿が散乱して落ち着かない。

著名人は鷹揚に私たちに説明する。「ここのご主人は魚の流通関係の仕事を持つ人で、そのせいでいいふぐが手に入りやすいんですなあ」

しかし「戦いすんで日が暮れて」というような土鍋を見ては食欲もなくなり、私は席を起《た》つ機会と口実ばかり必死に捜していた。

この際、私にはあんまり大きい声ではいえぬが、恥ずべき傲慢の悪徳がなかったとはいいきれぬ。「タナベセイコ」がわが家にご光臨になる、ということで、その家では身を清め、家を磨き、心をこめて美味をととのえて、ひたすら待ち受けてくれるであろうという、恭謙《きょうけん》なたたずまいを期待していなかった、というと嘘になる。そういう卑しむべき私の倨傲《きょごう》な期待は、木っ端微塵に粉砕されたわけである。

相客たちは私たちには目もくれず、さんざん飽食して満腹したというていで、三々五々、散らばって笑い興じている。彼らを見やって、

「どのかたが、ここのおうちのご主人ですか？」

と私は小声で著名人に聞いた。

「いや、ここには居らぬようですな」

著名人は汚れたテーブルにも、汁しかない土鍋にも毫《ごう》も動じないで、両手を卓におき、泰然としていう。

「今、来ますよ、ふぐを料理してるんでしょう」「しかし、もう食事は終ったんではないですか？」「いやいや。若いもんだけ待ちかねるので先に食べたんでしょう」

たしかに先客はみな若い男女であった。そこへやたら声の大きい、がっちりした体つきの、男ざかりといった精気あふれる「主人」があらわれ、やあやあ、ようお越しといい、ついで夫人が山のように野菜とふぐを盛り上げた皿を捧げて入って来て、私たちに挨拶し、やっと日常次元の感覚になった。長大なテーブルに土鍋とガスコンロが二つずつ据えられ、テーブルの上も拭かれて、新しい割箸や皿が配られた。しかしそれは宴会のはじまりではなく、幕間《まくあい》のあとの第二幕であるらしく、男女の相客がまた集うてきたばかりでなく、今までの土鍋の汁の中に、第二幕の野菜とふぐが引きつづいて投じられたのであった。どうも鍋物というのは、途中、第二幕から加わると、闇汁といった感じになって落ち着かぬものである。しかし私は気を引き立てて口にはこび、進んで話にも加わった。相棒は社交人間ではないから、さっきからの経緯がことごとく気に食わぬとみえ、むっつりしている。私はその分、必要以上におべんちゃらをいいまくることになる。大阪人間というのはどうしようもない。谷崎サンの「細雪」に、へんな店へ案内され、内心腹を立てながらも「ほんまに、ええとこ教《お》せていただいて」と幸子がお愛想をいうくだりがある。大阪モンの舌は勝手に動いてお愛想をいうようになっている。

「小説書かはるのんは、むつかしいんでしょうなあ。ワシら手紙も書かれへん」と「主人」はいい、私は「いいえ、字ィ書けたら、だれかて小説は書けますねん。でもやっぱりウソつきのほうが書きやすいかなあ」などと、ちゃらっぽこを叩いているうち、邸の奥のほうから忽然と寝間着すがたの老人がよろめき現われ、「やあ、お爺ちゃんが出てきた。ここが賑やかで楽しそうなんで、じっとしとれなんだんやな」と「主人」は私に、「いつも寝たきりで、どんな客来ても出てけえへんのでっせ、こんなん珍しい」といい、力強く拍手して、「ばんざい、お爺ちゃんばんざい」客たちも一せいに拍手。私も相棒も同《どう》じなければいけない気がして拍手する。

爺さんはわりにしっかりしており、両手をあげて、「ま、ま、ま」と制して、さながら千両役者の登場である。

「ワシは明治××年の生れで……」

と爺さんはズーと皆を見渡していい、奮闘人生一代記を語りはじめ……

ともかく、私と相棒はやっとこさ帰ってきた。相棒の怒りは頂点に達している。何かと思ったら、「ワシの食べたんは鶏肉やった」というのだ。「まさか。私はふぐだったわよ」「なら、前のヤツが残ったったんや」――この宴会は今でもわからないことだらけである。異次元の出来ごとのようである。ただひとつ辛《かろ》うじて思ったのは、不発のユーモアという点で、

（太宰治の小説みたいやなあ）

ということだけだった。

大阪のうどん

私はうどんが好きなのだが、先《せん》だって、女流文学者会で、うどんの話が出たとき、まったくうどんを食べないという女流作家が数人おられたのに一驚した。私は、自分の好きなものは、他人も好きだと思いこむ阿呆なところがあり、

「それは、東京で召し上るからですよ、東京のうどんはまずいですよ、それにお汁《つゆ》がからくてからくて、あれではうどんのよさはありません」

といった。それでも「いや、関西で食べたけれど、味が薄くてまずかった」という人もあり、また、「戦争中の代用食を思い出して不快だ」という方もあった。それで私は、大阪風うどんの愛好者、理解者は、東京にはいないのかと思いこんでいた。だがこれもまちがいで、中山あい子さんは、うどんが大好きとのこと、それも大阪の薄味のだしがいい、といわれる。東京の編集者の方にも、わが家で仕立てたうどんなど出すと、お世辞でなく、「美味しい」と喜ばれる向きもあって、私はこのごろ、大阪風うどんを、東京人は食べずぎらいなのかもしれないと

思っている。

東京でうどんを食べる人を見ていると、すっすっと、うどんを引きあげて、うどんだけを食べ、そそくさと立ってゆく。どんぶりにはからくてまずそうなお汁がいっぱい残っている。事実、私も食べたが、あのお汁はからくて飲めない。大阪人からみると、「つけ汁」である。うどんをつけ汁につけて食べるとすれば、うどんだけ引きあげて食べるはずである。

大阪のは、お汁の一滴まであまさず飲める。人によると、あとへ白湯《さゆ》をつぎこんでさらえて飲むくらい、美味しい。

大阪のうどんは、お汁とともに賞味するものなのである。その味は、大阪弁でいう「まったり」したもの、コクがあってほのかに甘く、味が深くて濃いのである。これはもう、幼いときからの舌の馴染みぐあいによるのだから、からい味になれた人には、薄味の奥ふかさがわからないのも無理ないであろう。どっちが正しい、どっちが不味い、ときめつけられるものではないのだ。慣習なのだから。

私などはそれに、薄揚げを甘く煮た、きつねうどんが大好物であるのだが、関西をはなれると、美味しいうどんが食べられないと思えば、ちょっと大阪を離れにくい。ほんとうは、そういうものに執着をもたず、何にも捉われないで生きるという境地が私の理想なのであるが、うどんのために私は永久に俗人たるをまぬかれないのである。

ただ、あのうどんのだしは、やはり家庭でつくると何か欠けてしまう。大阪ではどんな小っぽけな店でも、駅の売店でも、美味しいお汁になっている。家庭でつくると、どんなに昆布やかつおをたくさん使っても、「まったり」した味は出にくい。かくて私は、喫茶店へはいる代りに、町へ出るとうどん屋に入って、「俗人の執着」をたのしむのである。

食卓の光景

食事の時間、というのは楽しいものであるが、私はいつも、もっと楽しくする方法はないか、仕事しながら、あれこれ考えたりする。

この世の楽しみは性と食の二つに尽きるとある人はいうたが、私は老来、先のほうはボチボチ退役となりそうなので、アトのほうに主力をおいてるわけである。

食事を楽しくするには、まず、気楽に食べられるということ。

食事の内容をたのしみつつ、かつ、おしゃべりを娯《たの》しむという、この二つの柱があると「いい食事」といえる。

食事は毎日のことだし、将来いくらでも無尽蔵に機会がある、と思ってはならない。食物はいつ、忽然と消えるか、わからない。かの石油ショックのときのトイレットペーパーを見るがよい。アッという間に、店という店からペーパーは消えてしまった。

おびただしい食物が、一朝にして消えてしまうときがくるかもしれない。ひと握りの米のために満員列車で買出しにいくというときが再びくるかもしれない。

食卓をかこむ家族や友人も、いつ離れ離れになるかもしれない。いつでも会えるとは限らないので、「いつかまた」とか、「この次には」なんて思わないで、一回ずつの食事を入念にととのえ、たのしみたいものである。

おしゃべりしつつ、食事に舌つづみ打ってたのしむというので思い出したが、公式晩餐会などのあれは、私などであると言語に絶する苦しみである。

テレビニュースで見ると、来日した国賓《こくひん》を迎えて宮中で晩餐会がひらかれる、正面に皇族と国賓、閣僚たちが夫人同伴でずらりと居流れ、威儀《いぎ》を正しつつフルコースの食事をとり、かつ、にこやかに左右を顧《かえり》みて会話を楽しんでいられるようである。私にとってこれは難行苦行である。どこへ食事が入ったか、いかなる献立であったか、全くわからなくなってしまうであろう。私のように小心で人見知りする人間では、とてものことに、こんな大晩餐会へ出席できない。

ああいうときの、私の取り越し苦労は、

（タベモノを咀嚼《そしゃく》している最中、自分が話さないといけなくなれば、どう、ごまかすんだろう？）

ということだった。食べながらモノをしゃべると非礼になるし、といって、いそいで嚥下《えんげ》しようとして目を白黒してるというのも、盛装の手前、見苦しい。しかしどんな礼儀作法の本にも、そこまでかみくだいた指南は書かれていない。

ところが大屋政子さんが、どこかで話していらしたが、さすがにそのへんの情況をざっくばらんに説明していられる。大屋さんは外国へ赴かれて、首相クラス主催の晩餐会の主賓になられたこともある。モノをほおばったとたん、横の人に話しかけられると困るから、その人がしゃべっているとき、「ガーッと」いそいで食べてしまう。そして「すぐのみこむねんよ」(──と、まあこの通りではなかったかもしれないが、こういう感じの談話を、さる週刊誌に発表していられる) やがて自分のしゃべる番になると、にこやかに語りかける。その返事を相手がしているとき、またもや、

「ガーッと」

という感じで食べ、「すぐのみこむねんよ」

──これで、慣れると、食事の内容もたのしめるし、会話もたのしめる、雰囲気もたのしめるということらしい。

またついでにいうと、こういう何百人の会食の席で、女性は食べつつも美容上の配慮もせねばならぬ、口紅が剝げたりしたらどうするのかと思うが、これもさる人の報告があって、エリザベス女王は、さりげなく膝の上にコンパクトを出され、しばし、うつむかれた風情で、あっという間に口紅を塗られたよし、テーブルの上に鏡を出したりすると目立つが、うつむいて手

を唇へ持ってゆくという動作はごく自然で、

（さすがに慣れていらした……）

そうである。

日本の若い人もこれからは公式会食に慣れて下さればよいが、私自身は何しろ、一回ずつの食事をたのしむほうに賭けたいので、そういうところへ出て、「ガーッと」頬張っていては、食物に対し、面目ないという気があるから、そっちはごめん蒙ることにしよう。

義理メシ、というのが私のようなものにもあったが、ここ三、四年は、そういう仕事がらみの義理の会食は全くやめてしまった。講演というのをしないのもそのせいである。講演にいくと、そのあととか前に、関係者の会食があったりする。

これが面白くも何ともないのが多い。たいていは未知の人である。地方自治体の関係者が入れかわり立ちかわり名刺をもってきたりして、それだけで三十分ぐらいたってしまう。

私の小説を読んでる男性なんか、ほとんどないから、会食といっても会話は出ない。

佐藤愛子サンも、地方へ講演にいって会食となると、会話にくるしむといっていた。それで、北海道なんかであると、いつも、

「ここ、熊は出ますか」

ときくそうである。

「熊は、出ません」

それで会話はまた、とぎれる。

どうしようもない。

私の場合は、「ここの名産品は何ですか」と聞いたり、する。

「名産品いうてもなあ」

と、皆々、顔を見合せ、あまり話も弾まず、そのうちに四、五十枚も色紙を持ってこられて、

「名前だけでなしに、何かひとこと書いて下さい」などと注文され、つまりはこの地方の名産品は、色紙ということになったりする。書いていると、ドンドンと名産品の差入れがふえたりして、目も当てられぬ惨状となる。

それでいえば、食事を楽しくするヒケツの一は、

「いやな人と食べない」

ということになる。いやな人と食べるよりは、ヒトリで食べるほうがよい。テレビを友として独りで食事をする。独酌《どくしゃく》、手酌、というのがあるから、独食、手食というのがあってもいいだろう。テレビをつけて、文字通りお手盛りで、わがかせぎのおまんまをいただく、これはこれで何というたのしみであろう。ハイ・ミスの一人ぐらしの人たちが、独りで食べるゴハンはあじけなくて――というのを聞くことがあるが、もしそれ、結婚して、いやな舅姑、小姑と

さし向いで食事をしないといけないことになれば、どんなにそれも苦痛であろう。こういう人たちは毎日が公式会食となるが、しかし慣れれば大屋夫人みたいに、その中に楽しみをみつけることができるのであろうか。

ところで、食事を楽しくするヒケツの、その二は、これはさきほどからいう通り、

「面白い会話」

というのがある。べつにジョークがうまいとか、座談に長《た》けてるとか、学識経験が豊か、という人でなくてもよい。いや、むしろ、そういうのでない人がよい。フッーの人と、フッーのおしゃべりをするのがよい。学識経験豊かで、おしゃべりをいとわないというような人と食べてると、いつか、ディナーつき講演会みたいになってしまう。反論したり、話を遮ろうとしたりすると、よけい、火に油をそそぐことになる。やむなく、こっちは食べるばっかりになってしまう。

ついでにいうと私は、ディナー・ショーというのにちょいちょい、行くが、なぜ、ディナー講演というのがないのだろうと思う。ゴハンを食べながら講演を聞くって、すばらしいではないか。

しかしわが家でディナー講演になってもはじまらない。よく主婦の人で、夫や子供の自慢宣伝に話題が終始して、会話のつまらない人があるが、学識経験が夫や子供の代りになっている

だけ、というのも、これは一緒にゴハンをたべる仲ではないなあ。

欲をいえば、フツーの人で、フツーのおしゃべりをしつつ、その人なりの考えをもってる、こういう人であらまほしい。

ディナージョークというのがうまい人もあるが、これが芸になるまでにはかなりの修業と人生キャリアが要るから、べつにそんな大層な才能はなくてもよい。

ただここで私の思うには、人間には二種類あるということである。金もうけだけが目的で、それ以外は考えられない人と、そうでない人である。食卓を共にかこむには、「そうでない」人のほうがよい。金もうけしか考えてない人は、すべてを金もうけに結びつけるので、話に裏があって落ち着いてしゃべれない。

目に入るもの、耳に聞くもの、すべて金もうけに利用しようとする。

そういう忙《せわ》しない人とはつきあいきれない。

もう一つのタイプの、金もうけももちろんやりたいが、しかしホカに好きなこともイロイロあって、なかなか金もうけ一筋に徹しきれません、というようなのがよい。そして、あちこち人生の道草をして、それなりに自分だけの考え、一家言をもってる、というようなのがよい。

金もうけより、女で苦労してきた男とか、子供に手を焼いた女とか、姑にてこずってる女とか、ただその苦労をヒトに負わせるのは困るから、ちょっと達観してるのがよい。

いやまあ、むつかしく並べたが、そう大層なものではないのだ。ごくフツーのオトナならよい。

それで思い出した。食事を楽しくするヒケツの三は、私の場合、

「子供を交えない」

ということがある。

家庭で父と母と子供たちが食事をかこむのはすてきな風景である。しかしそれは家庭の中で親としての立場にいるときで、友人としての男なり女なりとして会食をたのしむときは、子供を携えないのがあらまほしい。子供が加わると、オトナの会話ができない。この頃は大人のはいる一杯飲み屋にも子供を携えてくる若夫婦が多くなって、酒を飲んでいるのに幼児のぐずり声が聞えるようになった。そういうのはファミリーレストランへいってほしい。大人の世界に子供を連れこむのは以《もっ》てのほかである。更にそれで思い出したが、ヒケツの四は、

「テレビのないこと」

があげられる。

テレビは子供と一緒で、大人の会話を平気で分断したり攪拌《かくはん》したりする。会食中は消すべきである。

新聞記者と取材旅行にいって困るのは、宿へ着いて食事がはじまるとすぐ、彼らは座敷のテ

レビをつけることである。クセになっているらしい(そうでない人もいるが)。そうしてしゃべりながらも絶えず画面に視線を走らせている。私はおちついて食事ができない。私のウチではテレビを見ながら食事をするという習慣はないので、座敷の一隅でチロチロと動くものがあると気が散っていけない。

そして彼らは突拍子もなく笑ったりして、何かと思うと、私たちと会話しながらも、片方の耳はテレビのセリフを捉えて笑ってるのである。

これも、どこへ食事が入ったかわからぬ部類の会食であった。

もっとも、

「テレビドラマ『……』を見る会」

というのを、私の宅でやったことがある。

そういうときは、テレビが主体なので、みんなでテレビの前で飲み、食べながら、ガヤガヤとやる。だからあながちテレビを冷遇しているのではないが、しかし一般的な会食最中にはテレビはつけてはいけない。

会食しつつテレビを見るのは、コドモのすることである。コドモは内容がないから、テレビでもみなければ所在ないわけである。このコドモは年齢を問わないのは無論である。

どっちかといえば、このときに音楽はあってもよいだろう。

ところでこうやって細心の配慮でもって「たのしい食事」がはじまるが、それではかんじんの食事はどんなものであろうか。

これは食事をたのしくするヒケツの五だが、

「なんでもよい。お茶漬でもよい」

のである。

ごちそうがあれば一層よいのはいうまでもないが……。

昔、北條時頼の話を学校で教わったことがある。これは『徒然草』の二百十五段にある話である。平宣時《のぶとき》という人がいた。この人が若いころ、鎌倉幕府の実力者、時頼に、夜、呼び立てられた。すぐ参りますと返事したが、着てゆくよそいきの直垂《ひたたれ》がなくて（鎌倉武士は清貧であった）、困ってぐずぐずしていた。一張羅《いっちょうら》を洗い張りしていたのかもしれない。

するとまた使いが来て、「直垂がないのか、夜だから何でもいい、早く」という催促である。

しかたなく着古したふだん着の、よれよれを着ていくと、時頼は銚子に土器《かわらけ》を持って出て、

「この酒を一人で飲むのがさびしくて物足りんのでな、そこもとを招《よ》んだのだ。肴はないが、もう皆、寝てしまったらしい。何かないか、さがしてくれぬか」

という。そこで宣時は紙燭《しそく》をつけてあちこちさがし、台所の棚に、小さい土器に味噌を少し入れてあるのをみつけ、

「これがございました」

と持っていくと、

「結構、結構」

と時頼はいい、二人で快く数献《すこん》に及んだという。

その味噌と、銚子一ぱいの酒は、どんなに時頼にも宣時にも美味だったことであろうか、一本の銚子の酒を（あいつと飲もう）、と思う時頼の気持がいい。しかも来るのを待ってじれじれして、「着物がないのか、夜だから何でもいい」（ここは本文では『直垂などの候はぬにや。夜なれば異様《ことよう》なりとも疾《と》く』となっている）と再びせかしてやるところ、あるじ側の心はずみが何ともたのしい。

そういう友と「会話」し、心のふれあいがあれば、つまり、何をたべてもおいしい――ということになるのではないかしら。

永遠の美女

このあいだある会合で、酒の話題が出た。八十歳近い男性が、

〈私は毎晩、飲んでますなあ。戦争中と戦後の、酒のない時代をのぞいて、何十年、晩酌は欠かさなんだことになりますワ。まあ、安酒でっけどな〉

といわれた。穏和でしっかりした人だ。私は、

〈ほほう〉

と感心したが、フト思いつく。

何だ、何だっ。

私だって飲んでるじゃないか？

〈あ、私もです。考えたら……〉

と、〈毎晩・晩酌組〉の一員であることを明かして、ついでに〈ご同様〉の意味で手を挙げた。

しかし考えると我ながらおかしい。

晩酌はすでに私の人生の一部になっており、ごく当然のことで、とりたてて言挙《ことあ》げすることではなくなっているのだ。つまり、考えないと（毎晩飲んでるかどうか）思い出せぬくらい、すんなり、私の人生に組みこまれた習慣になっている。人が毎晩飲む、というのを聞いて、〈ほほう〉という声が出るくらい、自分のは意識にものぼらぬ、ごくフツーの日常的営為であるのだ。

その、〈無意識酒〉を、今夜も飲んでいる。

私の飲み友達は、私よりやや年上の男友達、〈熊《くま》八つぁん〉と、やや年下（らしき）女友達、〈中町《ちゅうまち》ちゃん〉である（このほかに中年の男友達、〈与太郎〉も、時々加わる）。

熊八つぁんは一座の長老格のトシだが、〈熊八老〉と呼ばれるのをいやがり、〈熊八のおっちゃん〉といわれるのも心外という。

〈むかし、カモカのおっちゃんという軽々薄々なる似而非《えせ》才子がいたが、ワシはそういうものとは一線を劃《かく》してほしい。というて村夫子《そんぷうし》風《ふう》に悟りすましてもおらんです。まあいうなら、市《し》井《せい》のセイセンですな〉

は？　セイセンってなんです？

〈生仙《せいせん》。酒飲みの品格あるを酒仙といい、大天才の詩人を詩仙、歌よみの上手は歌仙、という

ように、ワシは人生の生き上手という意味で生仙ですなあ〉

しゃらくさい。

〈で以《もっ》て、熊八老、などと呼ばれると勝手が狂う。敬老、なんていうこそばゆきコトバを思い出す。熊八爺《じい》さんも好かぬ。狸爺《たぬきじじい》、狒狒爺《ひひじじい》を連想する。熊八つぁん、でよい。色気もソコハカとなくただよう、ってもんです。いや、呼ぶ人によるが〉

生仙の熊八つぁんは、脂《あぶら》ぎって、一向にトシヨリ臭くない。ほんとうに今日び、年齢不詳の男や女が多くなった。年齢は自己申告制にすればよい。

〈呼ぶ人によるったって、呼ばれる人にもよりますよ、熊八つぁんなんかに、色っぽい声をかける気もしないわ〉

というのは、これも年齢不詳美女の中町ちゃん。

なんで彼女がそう呼ばれるのかを話さないといけない。某日、私はある酒席で、

〈年とってかえって美人になる女がいる。ブスほどそうなる〉

という話題のとき、身を乗り出して、

〈そ、そ、あたいこの頃、伊丹小町《いたみこまち》、という評判高いんだよ。ま、昔もそれなりの美人でしたけど〉

といった。伊丹は私の住む小さい町である（大阪近郊だが、行政的には兵庫県だ）。

若い者は、小町が何者か、歴史的教養がないから、〈そういうおコメ、できたんですか〉などとトンチンカンをいう。もちろん小町は日本史上、燦然《さんぜん》と輝く美女の代表、小野小町にきまっているではないか。

その席の男たちは歴史的教養はあっても無残なる堅造《かたぞう》ばかりであった。正直に、

〈ええっ、おせいが。……こ、小町って？〉

とのけぞっておどろく。中には、

〈まさか。……冗談きつい〉

と口走る奴《やつ》もいる。可愛くない。本人が小町を詐称して喜んどるんやから、〈なるほど〉とか、お愛想にでもいわんかい。私は躍起《やっき》になって言い添える。

〈この頃〝文壇の白雪姫〟という名もたかくって。誰が、ってこのあたいが。ホホホ……〉

その夜の男たちはみな悪酔いしたとあとで告白していた。私は以来、小町のおせいと名乗ることにしている。

飲み友達の年齢不詳美女は、おせいさんで小町なら、自分の美女度はその上をゆくから〈中町〉だと主張する。美女度も自己申告制である。それで彼女は〈中町ちゃん〉と呼ばれている。

今夜は友人のくれた新潟の酒を飲んでいる。

春の淡雪のようにかそけく、しかも中に、きりっとした芯のある吟醸酒だ。お燗をせず、冷

やさず、室温なのが舌に快い。おかずは湯豆腐に、菠薐草《ほうれんそう》のごまあえ、鯛のおつくり（ほんのちょっぴり。そのかわり活《い》けのいいもの）、鰤《ぶり》の照り焼き。ちょうど京都からとどいたばかりの千枚漬と水菜の漬物――京・大阪の家庭で、冬のおかず兼、酒のアテ（肴《さかな》）としては、まあ恒常的普遍的なお惣菜（ただし若い者ではないから量は少ない。もはや、みな、口では何かと口幅ったいことをいうが、すでに牛飲馬食の時代は去っているのである）。

さて、美女のことだ。

〝年を重ねて夢失なわず〟というのは、私がよく色紙に書く文句だが、年を重ねて意外な美女に変貌するオンナというのはたしかに現代ふえた、と思う。後半生美女というか。

それは何でやろ？　ということになった。

〈ま、あたしはもとから、わりかし美女のほうですから〉

と中町ちゃんはさらりといい、

〈もと美女にして、いまも美人、というのは、これはブスが年を加えて美人になったというより、むつかしいんです。毎日の奮闘努力の積み重ねですから〉

〈車寅次郎みたいやなあ。しかし、日日《にちにち》の研鑽《けんさん》、という意味ではブスが年を重ねて美人になるほうが、スゴイと思うよ。あたいは若い頃ブスだったからようわかるんやけど〉

私は美人というのは、情報収集力によると思う。

生きすれていろんなチエがつく、そのチエつまり情報を取捨選択して、そして（ここが大事だが）自分に都合のいい情報だけ活用して生きてゆく、すると美女になるのだ。それを怠けると、あの美女が、というように、見るも無残な凋落《ちょうらく》ぶりをさらす。

〈あたしは、いつ持ちかけられてもすぐ臨戦態勢に入《はい》れる、という色気が、美女にさせると思いますが〉と中町ちゃん。

〈色気が緊張感を生んで、タダのおばはんと美女を分ける、という寸法ですね〉

〈まあ、情報も、緊張感も大事でっしゃろけど〉と熊八つぁんはいう、

〈個人的意見をいえば、まず、男が持ちかける、いう気ィにならん女は、美女やない、と思いますが〉

〈あたしたちじゃそんな気にならないというんですかっ〉

と息まく中町ちゃん。

〈まあまあ、それは。そういうたら芭蕉の句に、「浮世の果《はて》は皆小町なり」という佳句がおましたな。盛りの齢《よわい》を過ぎれば、小町もついには骨皮小町、髑髏《どくろ》小町と……〉

〈それはむかしの小町、いまは時代が違うわよ、小町は永遠に美女なんですっ〉

と私。「っ」のつく勢いに恐れをなして熊八つぁんは、まあまあと、酒をついでくれる。

トトト……

三月は税金月である。私は計算や伝票なんか、にが手中のにが手だ。税理士さんにお願いしているけれども、それだって前以て伝票を集めといたり、領収書をとっておいたり、しなくちゃいけない。私は事務能力に見放されてる人間だから、自分ではチャンと集めといた、と思っているのに散佚《さんいつ》したりしていて、もうどうしようもない（尤も作家の中にもいろんなタイプはいて、この三月の税金月が大のたのしみ、という人もいる。税務署へ出かけて丁々発止と応酬しあうのが嬉しくてたまらない、というじゃないか。世の中は広い！）。

その上、ここが奇妙なのだが、毎年なぜか三月・四月に原稿依頼が多い。うかうか引き受けてえらい目にあうのを、毎年のことなのに気付かない。で以て、今年もえらい目にあってる。

今夜は徹夜だあっ。

私は毎晩、そう叫んでいる（しかし飲むと寝てしまう）。今夜もあらかじめ、そう叫んでいたのに、〈帰りみちなんで、素通りもできなくて〉と寄ってゆく奴《の》、〈病院へ昼間いって何だか疲れたから、景気つけてほしくって〉と顔を出す奴《の》、〈お雛さん、まだ飾ったァりますか、あ、よかった、上方は旧暦でお節句するんやから、やっぱり四月三日までは飾らな、あかん。おせいさんやからぬかりはない、と思《おも》たけど、ちょっと、それ、言《ゆ》お、思て〉と、要らざるおせっかいやく奴《の》、――また、集まってしまう。

しかたない、春隣《はるとなり》という今宵《こよい》、どうかするとうすら寒いから、湯豆腐といこう、ほかは残りものでいいや。というのは、ちょうど堺からお豆腐がどっさり届いている、安心堂白雪姫、という豆腐（私は文壇の白雪姫だが、これはお豆腐の白雪姫である）。若いころの私はお豆腐に関心がなかったが、いまは違う。ここの白雪姫は味が濃い。こっくりとまろやかで、歯ざわりもしっかりしている。滋味だ。だし昆布を敷いた鍋に、頃合の大きさに切った豆腐を沈める。おだしは別に昆布とかつおたっぷり使い、醬油をさして味をととのえ、これをちり用の縁高《ふちだか》皿にめいめい入れて。

薬味が問題だ。刻み海苔、切り胡麻、もみじおろし、青葱の小口切り、七味唐がらし。唐がらしのかわりに柚子胡椒、という手もあり、それも出しておく。花がつおというのもいい。

ほかには昨日たいて残った鰯《いわし》と土生姜の煮もの、それに壜《びん》づめの塩ウニ、――これはよく余るものだが、卵黄で溶いて細づくりのイカにあえる。冷凍の明太子を解凍して、青葱の小口切りを添える（ウチの冷凍庫には何だって入ってる）。これらが酒の肴《あて》。ほかに、ちょうど高菜があったから、冷凍ごはんをもどして小さいお握りをつくって、高菜で包む。これは指でつまんで食べても汚れなくていいし、高菜の塩気が御飯にぴったり。という具合で、たちまち簡便に出来あがり、宴会になってしまう。

〈病院て、どこが悪いねん〉

聞かれているのは中町ちゃんである。

〈心電図なのよ、二十四時間心電図ってのをとるの。明日でないとはずせないのよ。寝るときもキカイと共に。男と共に、じゃないのが残念だけど〉

金網杓子でお豆腐をすくっていた中町ちゃんは、肩からかけた携帯電話ぐらいのケース入りキカイをみせる。

〈会社でもずーっとこれ肩へかけてて、結構、肩が凝っちゃった〉

〈酒飲んでもよろしのんか〉

熊八つぁんはヒトのことを案じるようなタマではなく、好奇心から聞いてるだけである。

〈いいんだって。普段の生活して下さいって。だからここで飲んでるのが普段の習慣だし、さ、ちょっと寄ったわけ〉

中町ちゃんは普段以上にピッチをあげて飲み、〈うん、このお豆腐、おいしいね〉なんていってる。そうして、トトト……


〈だけど逐一、ノートとるの、それが面倒なんだ、時間をこまかく分けて、動作が変るごとにメモする〉

〈まばたきやなんかも……〉

与太郎中年も面白がっている。

〈まさか。だけど、階上《うえ》のフロアへコピーとりにいって、階段あがったときに動悸がしたとか、何時にお通じ・小用があったとか、プライバシーも書かなきゃいけないの〉

〈階段で動悸がしたのは、社内恋愛の対象と出会ったから、とカッコして書くとか〉

と私。

〈そんなの、いないわよ、ウチの社の男みな、ロクなん、いないもん〉

中町ちゃんがそれを装着させられたのは、ときどき不整脈で、ドキドキすることがあるからだそうだ。ボタンみたいなのを胸のあちこちに貼りつけられ、白い線が携帯キカイにつながる。キカイから白い線がたれさがり、そんな恰好で用便・食事の時間、いちいち書かされてると、ロボットになった気分だという。

〈しかし〉

と与太郎は考え深い顔になり、何をいうのかと思えば、

〈明太子のきざみ青葱あえ、というのは、酒の肴にちょうどええな〉

というからこちらは転《こ》けてしまう。医学の進歩とプライバシーとの矛盾について、の意見でもいうかと思ったら。

〈夜の生活、という欄もあるんでしょうな、動作が変るたびということは、体位の変るたびということやろな〉

　とアホなことを荘重にいう熊八つぁん。

〈そこは聞かなかった、就寝時間、というのはつけるけど〉

〈それを書かな、心電図にならんやないか〉

　と与太郎は叫ぶ。

〈何がドキドキする、いうて、あれほどドキドキはないやろうから〉

〈与太郎じゃないわよ、あたしなんか、もう行雲流水《こううんりゅうすい》つうかんじよ、もっともそんな機会があるとして、の話だけど〉

　中町ちゃんは高菜でくるんだおむすびをぱくっと食べ、湯豆腐をすくい、まるきり健康そのもの、

〈いったい、どういうときに、アンタ、ドキドキすんの？〉

　と私は聞かずにいられない。

〈それがわからないから、こうしてキカイで調べてもらってるんじゃないの、突然、トト、ト

トト……なんてなるんだから〉

〈それは男のことを妄想したときやろうなあ〉

与太郎中年はどうしてもそこへ話をもっていきたいようであった。

〈いや、それはないって。それよか、むしろ激辛《げきから》のたべもの想像したりするときに、トトト、なんてなるわね、でも辛いの、好き〉

中町ちゃんは湯豆腐に柚子胡椒をどばっと入れている。

私は〈徹夜だあっ〉と叫び、仕事をしかけるが、つい眠くなって寝入ってしまう、ハッと起きるとすでに夜は明け放たれている、というようなとき、トト、トトト……となる。

熊八つぁんはこのごろ手がふるえることがあり、酒を徳利から盃《さかずき》へそそぐとき、思わずこぼしてしまったりする、そのとき動悸が早くなるという。

〈手の震えを自覚してわが老いにショックを受けるわけね〉

と私がいったら、

〈違《ちゃ》う、酒が勿体無《もったいの》うて〉

与太郎中年は、美《い》い女をみても昔ほどトトト……とならなくなった、それからして、もうこのままアカンのかと思うと、トトト……になるといった。アカンとは何がアカンのや、などとは誰も聞かない。——春寒の夜の湯豆腐はしみじみ旨い。

田舎の風流

この六月から七月にかけて、私にとって多事多端《たたん》であった。

身内が三人まで入院した。夫は白内障の手術でこれは予定していたことだが、案外長く半月以上の入院となった。老母が少し心臓をイワして（そこねて、とか、具合悪くして、という意味の大阪弁である）緊急入院する、私は仕事で家を空けたので、代りに弟が看病してくれたが、これがまたあちこちイワしてついでに入院する。私は三病室を走り廻《まわ》る仕儀となった。

まあ幸い、みなそれぞれ退院したけれど。

老母は私の家の離れへ戻るなり、誰それが見舞いに来ない、顔も見せない、などとうるさい（来てくれても忘れているケースもある）。

私は口封じに、老母に携帯電話を与えることを思いついた。

果然《かぜん》、老母はヒマつぶしができたというので、大はりきりで、あちこちに電話をかけまくっている（かけられるほうは老母の長電話をよく知っているので、恐慌を来《きた》しているであろうが）。

何ごころなく私は自分の部屋で老母の電話を聞いているとﾠ(耳が遠いから大声なのだ)、〈あ、こんど私専用の電話でけたん。番号いいますよ、○××の××番、これ、私の事務所の番号ですからね、よろしく〉

事務所。私はパ、ニ、く、りまくってしまった。

それかれ、忙しかったので、兵庫県の奥に持っている小屋へ、二、三日行って骨休めをする。素麺で有名な揖保《いぼ》川の支流、福知川に沿うた、山間《やまあい》の渓谷である。早速、村の男たちがやってきて、川で釣れた鮎《あゆ》を、圍炉《いろり》裏の炭火で焼いてくれる。塩焼きと素焼き、両方焼く。塩焼きはそのまま皿へ。天然の鮎は姿もすらりと美しい。

素焼きは青竹の筒へ。そのへんに生えている竹をスパッスパッと切ってくる。田舎の、五十代六十代の男らは、見とれるほど器用に小刀や鉈《なた》、鋸《のこぎり》を使う。頃合いの長さの青竹、斜めに削《そ》いだのへ、素焼きの鮎を入れ、そこへ熱燗をジュッ！ とそそいで、これがすなわち、〈鮎酒〉

である。これはしっとりと旨い味わいの酒だ。

〈う酒〉というのもある。鰻《うなぎ》の焼いたのへ熱燗をそそいだもの、これはフグのヒレ酒と同じく、陶器の大ぶりな湯呑み、または茶碗を用いて、しばし蓋をして味と香気をなじませる。これはまったりとした、奥ゆき深い酒になる。時にはこれをどんぶりにそそいで、まわし飲み、というのも田舎の風流である。

更にいえば、鰻を（もちろん天然のもの。村には鰻取りの名人もいる）割《さ》いて焼く、というのは男の仕事で、そのタレ作りも、女手ではできない。男たちは山中へわけ入って山椒の実をとってくる。それを擂鉢《すりばち》で擂りつぶすのだが、これが力仕事で、女手で出来るこっちゃなく、一人が擂鉢を抱えて金剛力《こんごうりき》で圧《おさ》えつける、一人はすりこ木で満身の力をふるって山椒の実を擂りつぶす。あたりにツーンと快い刺戟《しげき》的な香りが立つ。

そこへ醬油、味醂《みりん》などイロイロ味つけして、独特のタレを作り、鰻にぬりつける。柔かくなく、弾力ある鰻だが、野趣にみちみちて、これも旨い。御飯のオカズというより、むしろ焼酎に適《あ》いそうであった。

そして鮎酒やう酒のアテは、浅漬けの胡瓜や茄子のような素朴なつまみの方がいい。

私の小屋から車で十分ぐらいのところにスーパーもできて、たいていのものは売っている。

ここにはまた朝十時から野菜と花の百円市《いち》も開かれる。茄子、胡瓜、キャベツ、じゃが芋、トマトなど、ビニール袋に入ったのがどれも百円で、ラベルには製作者の名が書かれてある。

花も一束百円だ。農家が畠のそばに植えているのを、露を含んだまま切ってくる。菊、トルコ桔梗《ききょう》、ガーベラ、アカンサス、ひまわり……私はしっかり買って、小さい山荘に活け、町へ帰るときにもおみやげにする。

スーパーの隣の建物には、この町でも貰った例の一億円、それが金塊として展示されていたが、いまは農協管理の図書館になっている。私はここへ、手もとにあった私の一冊を寄附してきた。

家の裏へは狸がくる。夜更け、残飯をやっておくと、翌朝は綺麗になくなっている。以前、鮎酒の鮎を置いておくと、それを食べたらしいタヌ公の足あとが、少し乱れていたことがあった。飛驒《ひだ》高山のどぶろく祭で、狸と狐がどぶろくに酔って寝入っているのを発見されたニュースがあったから、ウチの村のタヌ公も酔って千鳥足で山へ帰ったのであろう。

村人のいうには、青柿のころ、青柿を食べて食中《あた》りした狸が、道で苦しんでいたので、獣医さんに手当してもらい、元気にさせて山へ帰してやったこともあるという。

〈そういや、この間もウグイスが……〉

と、村の男たちの一人がいった。

〈この家の近くで羽根を拡げてクタッと倒れとった。ハテ、怪我《けが》もしとらんのに、どうしたんじゃろ、このままではカラスやトンビに食われる思うて拾《ひろ》てかえって、鳥籠へ入れて、水と摺《すり》餌《え》をやったんじゃ。二日目ぐらいからちょっと元気になって、卵のこまいようなもんを五六コ、生んだ。卵にしちゃ、こまいのう、思うて、一つをつぶしてみたが、これが固《かと》うての。千枚通しでつついてみたが、壊れやせん。ようみると何ンか、固い木の実での。——そのあとは普通の、柔《やわ》い糞《くそ》をして、みるみる元気になった。そんで鳥籠の、ほん、ちょっと開いた戸口から、サーッと飛んで出た。えらい勢いでの〉

〈ウグイスも便秘するんですね、へー〉

〈糞づまり、としか考えられんなあ〉

〈いいこと、したのね。いまにお礼にきますよ、きれいな娘さんに化けて〉

〈ウグイス嬢か、そりゃええのう〉

——そんなことを、ゝ酒を廻し飲みしながらいい合うのもたのしい。渓流の音が高いが、自然の音だから気にならない。大岩・小岩に水しぶきがあがり、雨後のことで水量はゆたかだ。

小屋の屋根にかぶさるように、ねむの木があり、まだ花が残っている。この渓間《たにあい》には桜、藤、萩《はぎ》、何でも咲く。

隣に〝清流山荘〟という民宿もできた（実はその名付けは私だ）。地つづきなので、〈朝御飯、出前してえーっ〉

というと、運んでくれたりするのがうれしい。清流山荘へおひるを食べにゆくと、川に臨んだ丸太のテラスで、よもぎ素麺を食べさせてくれた。よもぎの匂いがよかったが、それにも増して、ここから見る川の流れは、私の小屋から見るそれより、もっとダイナミックで美しい。うーん。日本にもいいところは（人に知られぬけれど）まだまだあるんだ——ということを痛感する。次の夜は清流山荘でヤマメの塩焼きでう、酒を飲んだ。山から滴りおちる清冽《せいれつ》な水にヤマメは飼われている。

〈笙《しょう》の修理、というのは費用のかかるものでして〉

と、客の一人の発言。この人は近辺随一の由緒ある播磨《はりま》・一の宮、伊和《いわ》神社の氏子総代さんである。かつ、前町長さんでもある。

〈京都に一軒しか修理屋さんがありません。二十数万かかりましたな。損じると大変です〉

氏子総代さんはお祭には笙も吹奏せねばならない。このへんの旧家の一人だ。

〈笙ってむつかしいんでしょ?〉

〈竜笛《りゅうてき》ほどではありません。あれはむつかしい。横笛のことですが〉

なるほど鳳笙《ほうしょう》龍笛なんだ……。

淙淙《そうそう》たる渓川《たにがわ》の中で聞くのもなかなか佳《よ》き風流であった。私もウグイスのように浮世の〝糞づまり〟が癒《い》やされた気がした。

オトナの酒

例によって飲み仲間が集ってきたが、私はこのときばかりは、

（うーむ）

という心境だった。

食べるものがないのでもなく、酒が切れているわけでもない。それどころか、（もしや）というので、巻きずしをいくつも巻いてもらった。ウチには、巻きずしを作るのが巧い人がいる。

それが大皿に盛られている。

鰆《さわら》の切り身の赤だし（体が暖まっていい）。

しめ鯖《さば》のあたらしいもの。ぴかぴか光って、身が引きしまっている。到来ものの、このわたを少し。

という具合で、お酒の肴も申し分なく、中町ちゃんなどは見るなり喜んで、喚声をあげる。

しかし、私は常連を喜ばせるため、豪華献立にしたのではない……。

（もしや）と思ったのは、思わざる来客（それも複数の）があるかもしれぬと考えたから。……尤も常連がそのご馳走を平げても、それはそれでかまわないのだけれど……（私の思惑にはなぜか〝……〟がくっつくのであった）。

しかし一同《みんな》は私の屈託に気付かないから、いつもの席に坐り、当然のようにいそいそと、

〈こういう寒い晩は熱燗やな〉

という与太郎中年と熊八つぁん。中町ちゃんは奄美焼酎〈加計呂麻《かけろま》〉なんてのを、〈これこれ〉と探し出してきて室温の水で割り、悦に入っている。

〈この巻きずしの巻きかた、上手《うま》いわねえ。あたしがやると、中身が端っこへいっちゃって、なかなか、上手くまん中へ来てくれないんだ〉

と中町ちゃん。

〈みてくれだけでなく、お味もグー〉

〈その、グーいう言葉もやめんかい〉

と熊八つぁん。

〈今日びの人間、日本語をめちゃめちゃにしよる。中町ちゃんみたいにええトシの女までそんなあさはかな言葉使うもんやない。お味がまことによろしいとか、美味、滋味、風味よろしく顎《あご》が落ちそう、とか、古来からの言葉使《つこ》てほしいなあ〉

〈あら、あたしだってそんなことぐらい、わきまえてますよ〉

と負けず嫌いの中町ちゃん、金切り声になる。

〈でもさ、グーは今や日本語の中に溶解しかけてるわよ。現代《いま》の若い女の子の言葉って凄い。素足をナマアシなんていうどころじゃないわ。たとえば、「○○サンの髪って、出《で》ガミなんだって」なんていうのよ〉

中町ちゃんはマスコミで有名な女史の名をあげる。いつも綺麗に髪をセットしてテレビや新聞に出てくる女流である。

〈出ガミてなんや〉と与太郎。

〈美容師さんが毎日出張して、セットしてるんだって。それを出ガミというみたい〉

〈それもいうなら、「日髪《ひがみ》」やろ。出ガミなんて聞いたこともない〉とにがにがしげな熊八つぁん。〈新造語はみな、語感が汚い〉

〈しっかし、この間はおどろいたな〉と与太郎。〈このまえ、えらい細道へ車入れてしもて、向うから来た女子高生みたいな子ォに、「この道抜けられますか」て聞いたら、その子、「ます！」いうてスタスタと歩いていきよった。あれも凄かった。語感以前の問題やな〉

みんな、あはあはと笑うが、私は微笑するだけ。

〈今日はおせいさん、おとなしいな〉

はじめて熊八つぁんが気付く。

〈うーん〉

私、いおうかいうまいか、すこし迷ったが、やっぱり洩《も》らしちゃう。

〈じつは今夜、さる文学賞の選考があるのよね。私の本も候補に挙がってるんだ、ま、どっちになってもええけど〉

〈えーっ、それは大変、こうして飲んでてもエエんかなあ〉と与太郎。

〈だって走り廻るわけにもいかへんでしょ〉

〈それはエラいトコへ来ましたな、知らんこととはいいながら〉

殊勝に熊八は恐縮したりして。

〈いいのよう、だって陰々滅々と飲んでてもしようないし、ま、フツーにやってて下さい〉と私。

〈それって宝クジみたいなもんなの？〉

中町ちゃんは文学賞のたたずまいなんて、想像しにくいようであった。

〈ま、宝クジほどじゃないけど、当りはずれってあるからね〉

〈選考会がテレビでうつるとか？〉

〈そんなことしないよ〉

〈するとここでこうして、結果を待ってるっていうのは、場外馬券を買うようなもんかなあ〉

と与太郎。競馬と文学賞をいっしょくたにしている。しかし考えれば、片や馬、片や本、世の中へ走り出すところは同じか。それに私は若いころ、詩人・足立巻一《けんいち》先生の周辺にいたが、その取り巻き連は世間から、

〈足立牧場〉

とよばれていた。私は、足立牧場の牝馬《ひんば》というわけであった。

〈逃げ切ればいいのにね〉

と中町ちゃん、もう全く競馬感覚。競馬場なら、ワーッ、ドーッという歓声とどよめきがあがっているところであろう。——というのは不謹慎な連想か。

しかし私はというと、まあみんながいてくれたおかげで、チリチリすることもなく、

〈もし、あかんかったら残念会だよ〉

と、お酒をついでまわって、あまり気にならないのはわれながら不思議。やっぱりトシだからかしら。生来、楽天家だからかしら。

〈だけど、もし受賞したら大さわぎになるんじゃない。あたし、こんな服着てて、まずったなあ、テレビに映るかもしれないのに。口紅だけでも塗り直さなきゃ〉

中町ちゃんはにわかにそわそわしはじめ、これは自分のことしか、考えてない女。

〈えっ。すると記者やテレビ屋さんが来まんのか、やっぱりお祝いやから、かけつけ三杯飲ん

でもらわな、あかんやろ、酒、ビールの用意できてるか。討入《うちい》り前夜の心境やな〉と与太郎。実はウチで働いてくれている人たちも同じ発想で以てどっとくりこんだ来客たちに手でつまんでもらえるからええのん違《ちゃ》いますか、と巻きずしをつくってくれたのであったが……。

私も、どんな按配になるか不明である。しかし、芥川賞・直木賞のように社会的ニュースとして揉みくちゃになるとは思えない。思えないがなるかもしれない。それより何より、私の作品が一馬身あけて逃げ切れるかどうかも、まだ心もとない。

なんとなくみんな、呆然として、言葉少なに盃《さかずき》やグラスを口にはこんでいると、電話。

近くにいた中町ちゃんが取り、

〈え？　あらッ。キャハ！　あ、もちろん喜んで頂きますわ！　いえ、本人じゃございません、ごめんなさい。つい、口が滑って〉

指でVサインして私に渡す。文学賞の関係者からで、賞をお受け頂けますか、とまず鄭重《ていちょう》なご挨拶。中町ちゃんが僭越《せんえつ》にも先に返事したが、無論、私も同じことを。受話器をおくと、皆は〈一着おめでとう！〉といってくれて乾盃。

しかし誰の討入りもなく、情報を洩れ聞いたお祝い電話数本のみ。静かにフッーの夜のように、ただどこか花やいで、みなうきうきし（一同は文学賞がどっち向いてるもんや分らぬ手合いばっかりであるが）、なかなか旨いオトナの酒であった。

おもてなし日記

（平成八〜十二年の九日分）

＊来客があった際の会食の献立とゲストの記録。九日分が記されている。平成十二年の「御献立」は千代紙に記入し貼付。

平成八年九月十五日　敬老の日

母と聰一家を迎え、敬老の日のお祝

日高さんに作って頂く

一、さしみ

二、鯛のあら煮

三、こうやどうふ、椎茸煮もの

四、こんにゃく、小芋、にんじん煮もの

五、胡瓜と鮹の酢のもの

六、ハンバーグ、マカロニサラダ

七、お握りと漬物（お握りはゆかりとちりめんじゃこを振ったもの）

水菓子（梨）

ゼリー

田辺勝世　91才　聰　英子　美奈

平成八年九月十九日

集英社　加藤潤様　村田様　今野様

一、さばの生ずし
二、百合根の玉子とじ
三、焼松茸のすだち添え
四、吸物（松茸、豆腐、三つ葉）
五、肉じゃが（肉、玉葱、糸こんにゃく）
六、じゃが芋とコンビーフ重ね焼き
七、鮎の塩焼
八、おにぎりとぬか漬

あゆは一宮の天然ものを冷凍にしていたもの。一味ちがうと好評
肉じゃがとコンビーフ焼、双方とも評判よろし
この日は大阪梅田の三省堂にてサイン会あったあとの宴だった。百冊にサインした。

平成八年十月二日　アメリカのデビット、マリアンらを迎えて

田辺勝世

David

Marian

夏原タード

保司

とし子

まり

田辺聰

英子

十月八日

伊藤章　和子様（四人で）

一、焼松茸、すだち

一、吸もの（はも、松茸、三つ葉、すだち）
一、里芋の煮たの　柚皮添え
一、おつくり（うに、鯛、赤貝）
一、煮もの（すきやき風、牛肉、松茸、糸こん、豆腐、白葱、麩）
一、菊花おひたし
一、帆立貝（レモン、醬油）
伊藤さんは宇治の講演をご一緒についてきて下さったもの、
前夜、第一ホテル泊りにて。
宇治では静山荘泊り
昼はお弁当　もち米ごはん　お弁当の中に麩まんじゅうあり

平成八年十一月四日

和雄さん　千恵子さん　直子さん

一、刺身
二、東坡肉《とんぽーろう》　ほうれん草添え

一、お煮〆（里芋、蓮根、にんじん、蒟蒻、きぬさや）
一、酢のもの　きゅうり、大根、いか糸づくり　にんじん
一、セロリの葉とかしわのいため煮
一、だし巻卵
一、おにぎり　たくあん　奈良漬
一、お吸いもの（松茸、豆腐、三葉、すだち）
久しぶりの顔合せにてたのしく会食、お吸いものと東坡肉が好評
おみやげに穴子と生き鰈を頂く

平成八年十一月十三日（水）
桑原様　四名
一、せんぎり大根（里芋、人じん、うす揚）
一、コンビーフとじゃが芋の重ねやき
一、酢のもの、たこ、きゅうり
一、グリーンアスパラのバターいため

一、とうふのなめこ焼　とうふ、春菊、なめこ、白葱
一、おさしみ
若い人向きにしては少々淋しかったのと、盛りあがるオカズ少なかった……（みな脇皿ばかり）

平成九年一月十五日　母らをを迎えて
とし子一家（浩史さんとまり）
あきら一家（かん子　美奈）
おぞうに（白みそ、牛肉他）
お煮しめ
鯛のあたま
ザルどうふ（安心堂忘れし為、いそぎ持ちくる）
お酢のもの
（おみやげにこっとう品アクセサリー、テレカ、ハンカチなど〳〵）
母には見合せ

平成九年二月九日（日）　六時

遠山さんご夫妻

一、じゃがいもの梅干しあえ
二、からすみと大根
三、高野どうふの海老はさみ揚げ
四、いかなごの佃煮
五、白あえ（春菊）
六、あゆのうるか

てっちりとてっさは遠山さんご持参下さる
たゞし、高野豆腐のえび挟み揚げは奥さまの光代さんはエビアレルギーでだめだった。
お兄ちゃんに持ってかえった。
雑炊まで食べられなかったのはざんねん……

平成十二年弥生十六日

御献立

前菜　蕗味噌　蕗の花漬

かまぼこ　わさび漬

肴　かずのこ、川津えびのから揚げ

おつくり　たい（明石天然）たこ

たき合せ　蕗、筍、木ノ芽

焼物　フィレ肉一ロステーキ

カリフラワー、トマト、アスパラ添え

御飯　細巻ずし　おにぎり

吸物　たいのうしお汁

漬物　菜の花

大根ぬか漬

その他　お飲みものいろいろ

早春良夜　聖子

初出・初刊一覧

I

台所と女性　「食生活」一九六八年三月号

おにぎりと私　「のれん」一九六五年十一月号

蜜柑の思い出　「あじくりげ」一九六七年一月号／『続 言うたらなんやけど』（一九七六年、筑摩書房）

イチジクとうどん　「オール讀物」一九六六年十一月号／『続 言うたらなんやけど』

すぎにし方恋しきもの　「あじくりげ」一九六九年三月号

春の菓子さまざま　「あじくりげ」一九六八年四月号／『言うたらなんやけど』（一九七三年、筑摩書房）

大阪のおかず　『味のふるさと』第十九巻（一九七八年、角川書店）／『歳月切符』（一九八二年、筑摩書房）

夏の食卓の楽しみ　「料理手帖」一九八三年七・八月号／『性分でんねん』（一九八九年、筑摩書房）

思いがけぬ美味　「イーツ」一九八二年夏号／『性分でんねん』

たべる　「朝日新聞」一九八二年五月三十日／『おせいさんの団子鼻』（一九八四年、講談社）

ラーメン煮えたもご存じない　「夕刊フジ」一九七六年四月二十八日／『ラーメン煮えたもご存じない』（一九七七年、新潮社）

のこりもの　「毎日新聞」夕刊一九九二年七月二十三日／『楽老抄――ゆめのしずく』（一九九九年、集英社）

わたしの朝食　「小説現代」一九七九年七月号／『歳月切符』

食事憲法　「小説新潮」一九八三年三月号／『性分でんねん』

松茸の風流　「あまから手帖」一九八四年十一月号／『性分でんねん』

とりこみ主義　「週刊文春」一九八三年十二月二十二・二十九日号／『女の幕ノ内弁当』（一九八四年、文藝春秋）

「梅干し」と私　「ＬＥＥ」一九九二年十月号

春野菜　「朝日新聞」夕刊二〇〇二年四月二十二日／『なにわの夕なぎ』（二〇〇三年、朝日新聞社）

過ぎた小さなことども　「暮しの手帖」一九八八年十二月～八九年六月号／『乗り換えの多い旅』（一九九二年、暮しの手帖社）

神　戸　「産経新聞」大阪版夕刊一九八一年四月八日～十八日／『歳月切符』

献立メモと買物の記録　本書初収録

Ⅱ

食べるたのしみ　「ａｉ」一九七四年四月号／『篭にりんご テーブルにお茶…』（一九七五年、主婦の友社）

駅　弁　「夕刊フジ」一九七六年五月十五日／『ラーメン煮えたもご存じない』

ニューヨークのマグロ　「週刊文春」一九七九年十一月一日号／『芋たこ長電話』（一九八〇年、文藝春秋）

中国式朝食　「夕刊フジ」一九七六年九月四日／『ラーメン煮えたもご存じない』

茫然台湾　「週刊文春」一九八三年一月二十日号／『女の口髭』（一九八三年、文藝春秋）

むき身すり鉢一ぱい五文　「中央公論」一九八八年五月号／『天窓に雀のあしあと』（一九九〇年、中央公論社）
手料理　「夕刊フジ」一九七六年六月二十七日／『ラーメン煮えたもご存じない』
大阪・私の好きな店　「あさめし　ひるめし　ばんめし」一九七八年第十五号
てっちりオバン　「週刊文春」一九八六年三月六日号／『浪花まごと』（一九八六年、文藝春秋）
てっちりパーティ　「新潮」一九八八年一月号／『性分でんねん』
大阪のうどん　『日本の蕎麦』日本麺類業組合連合会『日本の蕎麦』刊行委員会編（一九八一年、毎日新聞社）
食卓の光景　「主婦の友」一九八四年九月号／『星を撒く』（一九八六年、角川書店）
永遠の美女　「週刊小説」一九九八年一月九日号／『小町・中町　浮世をゆく』（二〇〇〇年、実業之日本社）
トトト……　「週刊小説」一九九八年四月三日号／『小町・中町　浮世をゆく』
田舎の風流　「週刊小説」一九九八年八月二十一日号／『小町・中町　浮世をゆく』
オトナの酒　「週刊小説」一九九九年二月十九日号／『小町・中町　浮世をゆく』
おもてなし日記　本書初収録

＊収録に際し、一部表題を変更しました。
＊底本は初刊本を使用し必要に応じて文庫版を参照しました。ただし左については文庫版を底本としました。
『歳月切符』（一九八六年、集英社文庫）
『楽老抄――ゆめのしずく』（二〇〇二年、集英社文庫）

編集付記

一、本書は著者の食に関するエッセイを独自に編集したものです。
一、本文中に現在の人権意識に照らし、言い換えるべき語句や表現がみられますが、著者が故人であること、執筆当時の時代背景と作品の文化的価値を考慮し、底本のままとしました。

田辺聖子

1928年、大阪生まれ。樟蔭女専国文科卒。63年、『感傷旅行（センチメンタル・ジャーニイ）』で芥川賞を受賞、88年、『花衣ぬぐやまつわる……わが愛の杉田久女』で女流文学賞、93年、『ひねくれ一茶』で吉川英治文学賞、94年、菊池寛賞を受賞。98年、『道頓堀の雨に別れて以来なり』で泉鏡花文学賞と読売文学賞を受賞。2008年、文化勲章受章。大阪弁で軽妙に綴る現代小説の他に、古典文学の紹介、評伝小説など、著書多数。19年6月死去。

食《た》べるたのしみ

——田《た》辺《なべ》聖《せい》子《こ》のエッセイ

2023年1月25日　初版発行

著　者　田《た》辺《なべ》聖《せい》子《こ》

発行者　安部順一

発行所　中央公論新社

〒100-8152　東京都千代田区大手町1-7-1
電話　販売 03-5299-1730　編集 03-5299-1740
URL https://www.chuko.co.jp/

ＤＴＰ　嵐下英治
印　刷　大日本印刷
製　本　小泉製本

Published by CHUOKORON-SHINSHA, INC.
Printed in Japan　ISBN978-4-12-005621-5 C0095

田辺聖子の本

大阪弁ちゃらんぽらん〈新装版〉

「ああしんど」「あかん」「わやや」……。大阪弁独特の言い回しに潜む大阪人の気質と、商都ならではの心くばり。大阪弁を通して、大阪人の精神風土を考察するエッセイ。〈解説〉長川千佳子

中公文庫

大阪弁おもしろ草子

「そこそこやな」「ぼつぼついこか」。人生のキャリアを積んだ大人の口から発せられるからこそ、深い味わいがある言葉。大阪弁を通して、上方風俗、上方文化を明らかにする。〈解説〉國村　隼

中公文庫

夜の一ぱい

四十余年にわたる酒とのつき合いのなかでうつろいゆく、酒の好みや酒肴のこと、そして酒の上でのできごと。単行本未収録エッセイを多数収めた、酩酊必至の文庫オリジナル編集。〈編集・解説〉浦西和彦

中公文庫

ひよこのひとりごと
――残るたのしみ

他人はエライが自分もエライ。人生はその日その日の出来心――。七十を迎えいよいよ朗らかな「人生の達人」おせいさんが、年を重ねる愉しさ、味わい深さを綴る温かなエッセイ。

中公文庫

隼《はやぶさ》別《わけ》王子の叛乱

ヤマトの大王の想われびと女鳥姫と恋におちた隼別王子は大王の宮殿を襲う。宝塚でも上演され、劇画化もされた、「古事記」を題材に描く壮大な恋と野望と宿命の物語。〈解説〉永田　萠

中公文庫

道頓堀の雨に別れて以来なり
――川柳作家・岸本水府とその時代

大阪の川柳結社「番傘」を率い、名コピーライターでもあった岸本水府と、川柳に生涯をかけた盟友たちを、明治・大正・昭和を通して描く伝記巨編。泉鏡花文学賞、読売文学賞受賞作。（全三巻）

中公文庫

田辺聖子の本

田辺聖子の万葉散歩

昭和初年に斎藤茂吉らが選んだ「万葉百首」に加え、著者の愛する五十首を取り上げ、作家ならではのまなざしで、千年かわらぬ人々の心についてユーモアたっぷりに綴るエッセイ。初単行本化。

単行本

田辺聖子のエッセイ

女のイイ顔

老いも若きも悩みの尽きない女性の人生を、「まいにちバラ色」がモットーの著者があたたかく見つめたエッセイを精選。楽しく生きるヒントに満ちたオリジナルアンソロジー。〈巻末エッセイ〉佐藤愛子

単行本